外山滋比古

自然知能

扶桑社文庫
0818

目次

16 聞き分け

17 しゃべる

18 歩く

01

〝自然〟知能が泣いている

知的に鈍感

日本人だけではなく、人間は少し鈍感なところがあるらしい。つまらぬことには大騒ぎするくせに、本当に恐ろしい変化が進行していてもまるで、問題にせず、放置している。とくにそれを注意する人もない。

コンピューターがあらわれたのは二十世紀の中頃である。はじめは計算機であったコンピューターは恐るべき勢いで進化して、人間の知能をおびやかすまでになっている。

のんきな日本人は進化するキカイなどということを考えないから、アメリカなどで、人工知能が注目されるようになっても、一般はほとんど反応することがなかった。専門の棋士が、将棋においても、囲碁でも、人工知能に負けるということが起るようになって、一般もようやく、関心を持つようになったが、多くの人は、いまだに人工知能というものを、はっきり理解しているとは言いがたい。つまり、知的に鈍感なのである。政治的、経済的にはかなり鋭敏なところがあるのに、不思議であるというほかない。

そういう中で人工知能のことを考えようとしたのだが、その前に、忘れられていることがある。それがはっきりしなければ、そもそも人工知能ということばも存在しないのではないか、と考えた。

この本は、そういう疑問から生まれたもので、新しい思考であると勝手に思っている。

「人工知能」と「自然知能」

人工というのは、自然に対比されることばである。人工知能というからには、自然知能がはっきりしていなくてはおかしい。

その「自然知能」だが、ことばを聞いたこともない、というのは、明らかに順序が逆であると考える。

自然知能があって、そのあと、人工知能があらわれるのが順序である。人工知能が先行するのはおかしい。

人間は生まれながらにして自然知能を持っている。赤ん坊の知能など、とバカにできないすばらしい潜在力である。しかし、新生児がすぐそれを発揮することができないために、半ば無視されてしまい、教育と名のつくことが行われるのは、数年後まで待たなくてはならなかった。

昔、昔、そのまた昔から、自然知能は名もなく放置されてきたのである。そのため人間は進化がおくれた。そういうことを考える人もなかった。人工知能があらわれてようやく、自然知能が存在しなくてはいけない、ということがわかるようになった。

それにもかかわらず、自然知能ということばもない。本書が書名にこれを掲げたのは冒険であるかもしれない。

人工知能は大人の仕事である。

自然知能は生まれて数年の間、最大の力を持っていて、賞味期間の間に、だんだん小さくなっていくように考えられる。

運よく生き延びた自然知能は十五、六歳になると、〝天才〟として開花する。

「自然知能」を開花させる

これまで、自然知能の賞味期間を、なすところもなく放置することによって、人類は、おびただしい不作為の才能破壊をしてきたのかもしれない。

まったく新しい早教育が待たれる。天才を天才として育てることができれば、人類は有史以来の進化を遂げることができる。

「自然知能」はそういう考え方に立って、人間を考えようとするもので、決して人工知能と対立するものではない。むしろ、協力関係にあると考えたい。

それによって、新しい人間が育ち、社会を変えていくヒューマニズムが、争いのない、豊かな社会をつくる、という夢を持っている。

いつまでも、自然知能を声なく泣かせておくのは人類の恥である。少しでも早く、自然知能に、本来の働きをしてもらえるようにするのが、いまの人間の務めであるように思われる。

いま、自然知能は、名もなく、声もあげず泣いているようであるが、昔の人が言ったように、泣く子は育つ、と信じたい。

02
—
生まれながら

自然知能とは

いま、自然知能ということばは通用していない。人工知能に対して新しく考えたことばである。人工知能は英語で、Artificial Intelligence, 略してＡＩという。それに先行するのを自然知能、Natural Intelligence, ＮＩと呼ぶことにしたのである。

日本語の〝自然〟は、英語のnatureの訳語であるが、自然とnatureがぴったり合致しているわけではない。

日本語の「自然」は、山川草木、動物などを呼ぶことばで、その中に、人間が含まれていない。ところが、英語のnature、自然、は生まれたものを意味するから、人間が含まれる。

そういうことを考えないで、natureを自然としてしまったために、日本の近代文化にヒズミができてしまったが、その吟味がなされないままに、「自然」ということばが使われてきた。

　ここで自然知能というのは、英語式の自然知能であって、人間の持って生まれたものを自然とするのである。したがって、「自然知能」は、人間知能としてもよいところである。人工知能がキカイ知能であるとするなら、自然知能は人間知能であるということになる。人工に対しての自然である。すべての人間は自然知能を持って、少なくともその可能性を持って、生まれてくる。その意味で、人間知能を考えるのである。

　いま、人工知能をよく理解するのは一部の専門家にとどまる。知識人でも文学的教養を持っている人は、人工知能に冷淡である。それに対して、自然知能は人間知能で、すべての人間が持っている能力である。

　そういう人間知能をとびこえて、人工知能を考えることは難しいのである。

　人工知能を理解するには、いまのところ無自覚の状態に置かれている基本的な自然知能をはっきりさせておくことが必要である。

　われわれは、そういう自然知能について知るところは、きわめて少なく、その少ない知識も断片的である。人間の能力の根源をなす自然知能について、総合的な研究の行われる必要はきわめて高い。しかし、いまは、教える人もなければ、教えるところもない。文化のブラックホールであるが、社会はいっこうに無頓着である。

自然知能を引き出す

自然知能は生まれながらにして持っている能力である。中でも大切な知能は、生まれる前、母親の胎内にいるときから働きはじめる。

もっともめざましいのは耳で、生まれる何カ月前から、聴こえる、つまり働いているらしく、母親の見ているテレビの音に反応すると言われる。人間にとって、聴覚がいかに大切であるか、ということを、自然が教えていることになる。

日本の昔の人は、この生まれる前の自然知能を信じていたらしい。胎内に子供を宿している母親は、行ないをつつしみ、いやなモノを見ないように、汚いことをなくすため、トイレの拭き掃除をすることをすすめられ、胎教として、多くの共鳴者を持っていた。胎児への早教育というわけである。実証的な医学が広まって、胎教は迷信のように考えられて消滅した。案外、新しい教育の考えだったのかもしれない。

自然知能のほとんどは、可能性の状態で子供は生まれてくる。しかるべき、早いうちに、これを引き出すことが期待されているのであろうが、ノンキな人間の親はそんなことにはお構いなく、授乳していればいいと考えてきた。長い間そうしてきたのだから、それが誤っているのではないかと、疑ってみる人もなかったのである。

まわりの大人が放置しておくから、生まれながらの知能のタマゴは、賞味期間をやりすごしてしまい、生来の知能となるべきものが消失してしまう。それをまぬがれたら、天才である。

可能性の知能を具体化するのは、生後四カ月くらい。それを過ぎてからの教育はおおよそ失敗するのである。

昔の人がよく、〝三つ児の魂〟ということを口にしたが、これは自然知能が実現するのが、三歳から四歳であることを述べたものとすれば、おもしろい。

大昔から、人間の親は、子供の自然知能に対する関心が低かった。ほとんどすべての子が、大人の理解がなくて、自然知能の育成に失敗した被害を受けているのである。

もし、その可能性をしっかりした能力にすることができれば、〝天才〟があらわれることになる。

天才は教えて天才にするのではなく、可能性として眠っているものを〝引き出す〟

のである。この点で、英語で教え、教育するのを、educate（元義：ひき出す）と言うのがおもしろい。外から与えるのではなく、内に持っているものを引き出してやる――それが教育だというのは、外から知識などを教え込むのを教育と考えるのと比べて、進んでいる、ということができるであろう。

自然知能を引き出すのは、時間との競争である。ぐずぐずしていれば、取り返しのつかないことになる。大変残念だが、そういうことを考える思考力がなかったのだから、しかたがない。

みんながしている。というので間違ったことを続けてきたのである。人類は進化する機会を得ることができなかった。

十九世紀、新中流となった人たちが公的初等教育を考え、小学校をつくった。それはいいが、六歳になるまでは、放っておいたのである。

子供が自分の足で通学できるようになるまで、学校教育はしない、というのである。子供の能力を伸ばすかどうかという差し迫った情況にはなかったのである。

才能の賞味期限

小学校へ入ってくる子供は、自然知能の賞味期限の切れかかった子供たちである。生まれた時持っている天賦（てんぷ）の能力、つまり、子供の天才を引き出すことのできる教師などいない小学校になったのは是非もない。

明治五年、どさくさにまぎれてつくられたわが国の小学校が、ともかく知識を与える任務は果たすことができたのは奇跡で、旧師範学校が、天下の英才を集めて先生にしたからである。

しかし、いかなる優秀な小学校教師も、賞味期限の切れた子供の知能を育てることはできなかった。

子供の自然知能を引き出すには、生後六カ月くらいから始める必要があり、四歳くらいまでに基礎を了（お）えなくてはならない。それができて三つ児の魂ができれば天才的な子供が、いまの何百倍も多くなるであろう。

そういうチャンスを逃したのは、難しいことは大きくなってからという、ばかげた形式主義のせいである。

小学校は少し学び、中学は中くらい、高校は少し高級なことを学ぶが、いちばん高等なことは大学で学ぶ、と勝手にそう決めて、呼ぶ名も、小・中・高・大と格差をつけて喜んだのはいかにも幼稚である。

本当の早教育は生後六カ月くらいから始めるのは前述のとおりである。教えるのはまずことば。これは心掛ければかなりうまくいくし、実際に成功したと思われるケースも少ないながらある。

こういうのが常識のようになれば、自然知能が高まること疑いなしである。ただ、教える側にしっかりした言語的素養がなく、自分の方言を恥じながら都会のことばをしゃべっているようでは心細い。初めてのことばをうまく引き出してやることのできる能力を身につけることが、親のもっとも大切な資格である、というのが常識になれば、世界に向かって誇ってもよい。

しかし、年齢は関係ない

頭のよい、ことばの上手な子供は、だいたい母に当たる人の力によって育つのである。女性が多弁、能弁、声質も多様であるのはダテにそうなっているのではない。子供のもっともよいことばを引き出すためである。

ことばだけでなく、すぐれた音楽をきかせ、すぐれた絵画に触れさせておけば、それが早教育になって、子供の中で眠っている天才の目を覚まさせる。環境が子供の知能、才能を引き出す。昔、中国の孟子（もうし）の母親が、子供の教育のために、住いを三度替えた「孟母三遷（もうぼさんせん）」の故事は、子供の教育を考えると、たいへん斬新な思想を代表していたことがわかるのである。

自然知能を伸ばす教育が手遅れになったら、年齢に関係なく、自然知能を伸ばすことを考えるべきである。

趣味の仕事が有効なこともある。中年になってはじめた俳句によって、人間を変えることができるような例を歴史はいくつも残している。

スポーツも人間の能力を高める効果がある。競争しないとおもしろくないというのは常識的。

また、ひとり散歩することによって、考える人間になることも自然知能の昇華につながる。

キカイ的人間になりたいのなら別だが、人間らしい人間として生きるには、持って生まれた自然知能を高めなくてはならない。

03

人工知能

はじまりはＩＢＭの計算機

計算能力をもつ機械・コンピューターがあらわれたのは、二十世紀の半ごろで、まだ百年たっていないが、どんどん、急速に進歩している。進歩ではなく進化だと言う人が多く、人工知能革命だという人もあらわれた。

はじめ手がけたのはＩＢＭ（International Business Machine）であった。

もともと欧米の人は計算が得意でないらしい。昔からちょっとした計算にも苦労した。コンピューターは、そこをついて、人間に代わって計算をするというのである。

はじめは、事務用だったから、ビジネスということばがついたのである。

日本でも事務の合理化としていち早く導入されて、急速に普及した。こんなエピソードが広まった。

当時の逓信省（ていしんしょう）に、貯金の利子を計算する部局があって、珠算（しゅざん）の名手を何百人もかかえて、膨大な計算を処理していた。全国珠算競技会のようなとき、いつも上位を独占するのである。

ところが、ＩＢＭの計算器が入って、これらの珠算の名人たちが、すべて姿を消した。

大問題であるが、ノンキな社会はわらって見過ごしてしまった。人間が機器に仕事を奪われるということは、ずっと以前、産業革命のときにも起こっていたが、そのときも、仕事を奪われた人間のことを考えることは少なかった。人間には、人間より機械を愛するところがあるようで、機械による事務合理化が進歩の近道だというので、失職した人たちのことは、少ししか考えなかった。

ソロバン文化、亡ぶ

動力機械によって工場から追い出された人たち、その次世代の人たちは、苦労して事務室へ入ってデスク・ワークをするようになる。馬力のある機械は、力はあるが、事務処理の力はない。人間は安心して働くことができた。サラリーマン社会のはじまりである。

そこへ、事務をこなす機械があらわれたのである。自分たちの仕事を奪うビジネス・マシンを歓迎し、事務合理化と喜んだのである。いかにもお人よしである。少なくとも楽天家であった。

日本にはソロバンという便利なものがあって、数字処理に苦労しなかった。珠算の上手な人は暗算能力が高くて、ちょっとした計算は手ぶらで片付ける。欧米の人たちが目を見張るものである。

計算器は、そういうソロバン文化を亡ぼしたのである。ソロバンのよいところも忘れられようとしている。

人間はキカイに使われる？

コンピューターは驚くべきスピードで進歩して、ただの計算器ではなくなり、広く情報を処理するものになった。もうビジネス・マシーンとも、コンピューターとも呼ぶことができないくらいになった。

人工知能、Artificial Intelligence、と呼ばれる新しい〝文化〟が生まれた。略してAIという。これもどんどん進歩して、能力を高めている。そのあまりの速さに、不安を感じる向きもあるが、いずれも、科学的教養のある人たちである。一般の人はキカイに弱いから、コンピューターのときから人間によらない情報処理ということが理解しにくい。アレヨ、アレヨ、という声をあげることすらできず、対岸の火事を見るような気持ちで、人工知能をながめて、天下泰平であると思っている。

人工知能は、そんなことにはお構いなしに進歩している。一部の強気の人は、進化していると考える。人間があぶない、と考える人たちもいるらしい。

そういうことを考えさせることが、日本でも起こっている。

囲碁、将棋で、ＡＩが高段者に勝つという腕前を見せつけたからである。一般に囲碁、将棋は最高の思考のひとつであると考えられていただけに、専門棋士が人工知能に負ける、というのは深刻な問題である。

人間はそんなに弱いのか、と悲観する人、キカイに弱い人間には、たいへんなショックを与えることである。早々と、人間は、キカイに使われるものになるのだろうと悲観している知識人が、少しずつ増えているように感じられる。

人間の創り出した人工知能である。人間をみな殺しにするわけがない。人間の生きる道は必ず存在する。そう考えるのが自然であろう。

そう、その〝自然〟の力を人間は持っているのだから、人工知能に負けない知能、自然知能を伸ばすことは可能である。可能なだけでは困る。はっきりした思考を確立しなくてはいけない。

人工知能とは別の、それよりも先に存在する自然知能というものをはっきりさせ、新しい人間の出現を期待する人間がなくてはならない。

この本は、いかにして、人工知能に負けない自然知能がありうるか、ただあるだけでなく、はっきり認識しなくてはいけない。そういう考えに基づいて書かれた、試論、エッセーである。

04

生得的能力

人間の体の「復元力」

タケオとクニオは、いわゆる竹馬の友である。小さいときから、毎日、いっしょに学校へ行き、帰れば、またいっしょに遊んだ。タケオのうちは農家、クニオのうちは、サラリーマンであったが、子供にとって、そんなことは問題ではない。互いに、兄弟のように思って、子供の時代を過ごした。

タケオは農業をするようになり、クニオは上級学校へ進み、ふたりは別々の人生をはじめた。

クニオはだんだん弱くなったのであろうか。風邪をひく。なかなか治らないが、治ったころ、また風邪にやられる。

久しぶりにクニオに会って、タケオは、「おれは医者に見てもらったことがない」と言って圧倒した。

そして、さらに十年ほどしたとき、タケオは生命保険に入ることにした。田舎で保険に入るのは、〝いいウチ〟の主人だったころである。

保険に入るには、健康診断が必要で、タケオは初めての検査を受けた。結果は驚くべし、あちこち、よくないところが見つかった。もちろん保険には入れてもらえない。おまけに、病人にされてしまった。

タケオは素直な性格である。お医者からあちこちが、少しずつよくない、と言われたのが、ショックであった。元気がなくなり、食欲もなくなる。

半年もしないうちに本当の病人になってしまい、畑仕事どころではなくなり、何年かは療養したが、まだ、年寄りでもない年で死んでしまった。

他方のクニオは、風邪や胃腸の不具合などで、いつも、半病人であったが、おもしろいことに病気なれしたのか、だんだん、健康になっていくのである。タケオが亡くなったとき、どうして、あんなに元気だったのが、こんなに早く亡くなるのか、不思議がった。

どうしてこんなことになるのか、もちろん、わからないが、風邪をひき、治し、また風邪をひきということを繰り返しているうちに、だんだん、強くなっていたのであろう。

たとえで言うと、一〇〇の体力で風邪をひく、三〇か四〇くらいまで体力が低下する。そこで体ががんばって回復に向かう。もとの一〇〇へ届くだけではない。回復力は一二〇～一三〇くらいまでいく力である。つまり、風邪をひいて、治すと、一〇〇の体調を一二〇～一三〇まで押し上げることができる。風邪をひくたびに、そんなことが、起こっているわけではあるまいが、人間の体にはこういう復元力が具わっていると考えることは可能である。

「自然治癒力」

佐道と多田はある大学の同じ学科の学生で、とくに親しくしていた。戦時中である。食べものは不自由だが、佐道の父親が大商事会社の幹部だったから、当時、手に入れることが難しかった缶詰をいつもたくさん持っていて、多田の下宿で食べていた。

その佐道が体調を崩し、大学病院を受診したところ。驚くべきことを宣告された。

「即刻、帰郷しなさい。安静にしないと死ぬかもしれない」

多田のところへ来た佐道はそう言ってしょげた。お別れだと言って、缶詰のごちそうを食べて別れた。

佐道はそれから三カ月しか生きていなかった。結核である。

友の死を深く悲しんだ多田は、自分も病気にかかっているとは、まったく考えなかった。体調は多少おかしいが、それは前からのこと、と軽く風邪だと考えた。結局、一度も寝るようなことはなかった。

多田が五十歳を越えたころ、勤め先の集団検診を受けた。そのあと、医師から、

「三十年くらい前に、ひどい結核をやりましたね、いまはもう固まっていて、心配はありませんが……」と言う。

「まったく、記憶がありません」

「これだけの影が残っているんだから、そんなはずはないでしょう」

多田自身、ひどく驚いた。結核にやられているなどと思ったことは、一度もなかったのである。丈夫とは言えない。たえず風邪気味な何年かを過ごしたことは確かだが、あくまで風邪と思っていた。勤めを休んだこともないではないが、まず、ふつうに勤めることができた。

本当に結核にかかっていたとすれば、（こんなにはっきり告知されたのだから、疑うことはできない）自然治癒力によって、乗り越えたことになる。多田は、深く天に感謝したという。

医療文化の功罪

考えてみると、医療は人間の創り出した文化である。それによって、救われた命はおびただしい。

しかし、医療は、病気を減らすことはできない。むしろ、新しい病気を見つける、新しい病気や故障を創出しているのかもしれない。医療が病気を増やし、それを治療するというのは人間にのみ与えられた力であろう。ほかの動物は、医療がないから、病気も少ない。病気になれば、自分の力で治そうとする。うまくいかなければ死ぬのである。大きなケガをしても、自分で、治そうとする。うまくいかなければやはり死ななくてはならない。

そういう自然力頼みでも、多くの動物は生きることができる。余計な心配はしない。自然にまかせて、病気、怪我を乗り越えようとしている。自然力のままに生きているのだが、一概に不幸であるとは言えないであろう。

人間は知識というものを持っている。技術というものを使うことができる。知識や技術を使えば、自然力だけではどうにもならないことを、うまく処理できる。

それはありがたいことであるが、眠っているものを揺さぶり起こすということもないとは言えない。まして自然の力を殺してしまう。

知識はまことに有用であるが、使い方を誤ると、不幸、病気を招き入れかねない。

人間の不思議なところである。

〝知らぬがホトケ、忘れるが勝ち〟

人間の持っている自然知能を充分に発揮するには、よけいな知識を持たないことである。

少し具合がおかしい、と言うと、すぐ病院で受診するというのは、常識ある人のすることだが、賢明とは言えないことがある。我慢していて悪化することもあるが、いつとはなしに忘れてしまうこととてないわけではない。

知ることは、人間のみの能力である。それでわれわれの世界は大きくなってきた。しかし、反面、ありがたくないことを、掘り出すこともある。

ある苦労人が、〝知らぬがホトケ、忘れるが勝ち〟をモットーにして、仲間から軽蔑を買っているが、自然力の助けを借りるには有用な知恵であるかもしれない。

人工知能をいくら高めてみても、おもしろい生き方ができる保証はない。無知、無力、自然まかせの生き方は人間らしい喜怒哀楽を生み出すことができる。

ものを知ることはよいことだが、知らない方がよいことがあるのも人間である。知らぬがホトケ、は人間のみの咲かせる花である。

05

気配察知

台風の前ぶれ

東海地方のおだやかな気象の土地に育って、中学を出ると、東京の学校へ入った。それと同時に、呼吸がおかしくなり出し、やがて喘息(ぜんそく)になった。そのころの医学は、まるで喘息のことは考えていなかったらしく、治療法もなく放置されていた。朝鮮朝顔の粉末を焼いてその煙を吸うと呼吸が楽になると言われていた。

たいていは、ただ、じっと、発作の通過するのを待つしかなかった。同じようなコースで発作が起こり、やがてピークになり、それが、あるところでケロリとなる。まるで台風のようだと思ったこともあるが、あるとき、本当に、喘息は台風と関係があるのではないかと思うようになった。

発作が起こって数日すると南方に台風が発生。しばらくすると、日本に接近、上陸という順序になる。喘息発作は、その台風の前ぶれである。

「もうじき、台風が来る」

と予言するが、まわりはだれも信用しない。新聞の天気図にも、台風の影もないではないか。いい加減なことを言うな、と叱られたりした。

それで、ひそかに、喘息の発作が台風の前ぶれであることを実証しようと思って、記録を取るようになった。

台風シーズンが喘息のシーズンでもある。発作が起こると、その日時を記録する。新聞の天気図にはまだ影もかたちもない。二日もすると、台湾の近くに接近する。すると、天気図にも、姿をあらわす。

そういうことが何度もあって、自信を持って台風の接近を予言することができるようになった。

はじめ、でたらめを言うな、と言っていた周りも、何度も予言が的中してはじめて予言であることを認めるようになった。

フィリッピンあたりの台風に、こちらは反応していたのである。そのくせ、いよいよ上陸というころになると、反応しなくなるらしく、呼吸も楽になるのである。両者にかなりはっきりした関係があることに興味を持った。

天気図にあらわれないような遠い台風に反応するらしい喘息が、近づいてきて、いよいよ上陸となると、感じなくなるのが、おもしろかった。
予知の役割を果たしてしまうと、台風の気圧は、もう影響しなくなるのである。

危険予知能力

そこで、動物のことを考え合わせた。本当かどうか知らないが、大雨の降る前に、ヘビが木にのぼる、と言ったものである。これも雨が降り出してからではない。予知して難を逃れるというのであろう。

昔の人はナマズに地震予知の能力があるように考えたらしいが、やはり、地震の前ぶれを感じているのかもしれない。

こういう予知能力は自然の中で生きていく、いのちには、最大級に重要であると考えることができる。

人間は進化して、そういう動物的予知能力を大きく失ってしまったが、それでも喘息患者はその力を温存している。自然の妙というのではないが、人間知能のひとつに考えられないこともない。

リュウマチを病む人が、天候不順に鋭く反応することはよく知られているが、やはり、自然予知の能力が残っているのであろう。もともとは、すべての人がそれと同じように天候に強く左右されていたと想像される。

天気が悪くなる前に、古傷が痛み出す人もある。事前に痛むところは、同じであって、危険に対する予防本能のあらわれと見ることができる。

危険の予知は生きるものにとってきわめて重要な能力で、生後の努力などに委ねることができないから、生まれつき、本能的な知能としてそなわっている。文化、文明によって、その危険が少なくなるにつれて、少なくなったと考えられると、退化するもののようである。

われわれが、ふだん、気圧の変化にそれほどの不具合、不快を感じなくてよいようになっているのは、自然知能がしっかりしているのだ、と考えることもできる。

不幸に引きつけられるこころ

嵐、悪天もあるが、晴天、好天のほうが多い、ということをわれわれは忘れて、悪いことばかり続くように思っているが、誤解である。

よいこと、喜ぶべきことを予感する能力もしっかり持っているはずである。しかしそういうことを考えることが少ない。ペシミズムを好む人が多いからであろうか。教育を受けた人のほうが、不幸を好むのではないかと思われるが、不幸、災難を怖がる気持ちのほうが、より本能的なのかもしれない。

世の中には、いやなことが多い。たいていの人が、いいことより、悪いことのほうが多いと思って生きている。それで消極的な生き方になる。すると、それがまた、悪いこと、不幸を呼び込むことになる。そういう人は、不幸を喜ぶ気持ちを持っていると考えられる。

新聞を見ても、悪いニュースばかりである。警察からネタをもらっているマスコミだから、ひどいニュースばかりになるのは是非もないが、読者も、案外、それを喜んでいる。

犯罪がらみのニュースには強い関心を示す。話題の事件の裁判があると、傍聴券を求める人が列をつくるという話を聞く。ひとの不幸、犯罪はもっともおもしろいことなのであろう。それにひきかえ、表彰式などは、頼まれても行く人は少ない。

ひとの不幸を喜び、自分のことは考えないという人が、思いあまると、自分の命を絶つといったことをするのである。

最近の新聞が報じたところだが、各国の人口十万人当たりの自殺者数では日本は一九・五人で、世界第六位で、先進国と言われる国の中では最多であった。日本人には、死を美化する傾向が強い、というのなら、なぜか、と考えないといけないだろう。

禁欲的なのは悪いことではないが、さしたることでもないのに、自らの命を断つのはよろしくない。

「おもしろい」をとらえる

人間はみな、よいこと、喜ぶべきことを求めて退屈しているのである。何か〝おもしろいことはないか〟と思って生きるのが普通で、おもしろそうなことを予知する力も小さくない。楽天家な人は、ことにこの希望的期待力が強く、いつも、いいこと、おもしろいことを求めて、そのたびに糠喜び（ぬかよろこび）に終わる、ということを繰り返している。

おもしろいこと、いいことを予知するのは、すべての人間に具わっている自然知能である。しかし、それを、ムダにしていることが多い。おもしろいことが向こうからやってくる、ということもないではないが、多くは、求めて得られるのである。おもしろそうなことを見つけるのは大した才能で、自然知能の中でも、とくに貴重なものであると考えてよい。それを抑圧するのは、よろしくないことである、という考え方が広まらないといけない。

おもしろいことを予知するのは健康的である。おもしろいことが見つかりそうだと思うと、年老いた人も年を忘れて興奮するようである。仕事がおもしろくてたまらないという人が、高齢になっても、若々しいのは、明るい未来があるからで、こういう期待には不老長寿のエネルギーが宿っているらしい。それにあやかるのは立派な知恵である。

自分でおもしろいことを見つけることができない人たちが娯楽を求める。昔から芝居などがあった。近年はスポーツを楽しむ人が増えて、若い人の間でもスポーツ熱が高く、人生の目的としてスポーツ選手を考えるのが珍しくない。

しかしプロスポーツが、〝おもしろい〟ことであるかどうかは別で、生きがいになるおもしろさは、もっと地味な生き方の中にあるのではないか。

それを見つけるのが自然知能である。昔の人が志を立てる、と言ったのは、そういう人生のおもしろさの発見であったと思われる。

志を立てるには、漠然としていても、おもしろさが予知されている必要がある。それが自然知能であることを現代の人間はしっかり考える必要があるように思われる。

人工知能は恐ろしいまでの力を持っているが、ひとりひとりの前にあるおもしろさをとらえることはできない。この点で、自然知能は人工知能に勝つことができる。

まず、すべての人間がそういう知能を持っていることを認めるところから、新しい生き方ははじまる。ひょっとすれば、自然知能は人工知能より大きな、おもしろいことをとらえることができる。

06

リズム

強弱音の交錯

日本に来て間もないイギリス人が、テレビで、天皇の話されるのを聞いて、びっくりした。「日本は、あんな、平坦なことばをしゃべっているのか」と言うのである。日本語をまるで知らないこのイギリス人は日本語の教養こそないが、ことばには、リズムがあるものだということを知っている。

先のイギリス人が、日本語にはリズムがない、と言ったのは、こういう音のパターンで示されるものがない、と言ったのである。

だから、と言って、日本語にリズムがないと決めてしまうのは早計である。

なるほど、日本語には、各音の強弱によって調子を出すことはできないが、別の調子を出すことばが発達している。違った音節「シラブル」の数を規則的に変えることによって、調べを出すことができる。

古池や　かわずとび込む　水の音
五　　　七　　　　五

は、リズムと少し違う調べをあらわし、快感を与える。

から衣、着つつなれにし　つましあれば　はるばるきぬる　たびをしぞ思う
五　　　七　　　　　　五（六）　　　七　　　　　　七（八）

というわけで、和歌の調べも五七調である。
五音と七音を交錯させると調べが生まれるのが日本語で、リズムと少し違う。したがって、リズムがないと言われると、反論することが難しい。

胎児が刻むリズム

ことばが、リズム、調子を持つのは、弱強、長短の交錯によることであるのは、洋の東西を問わないらしい。リズムはことばに欠かせない特質である。

このリズムはひとりひとりの人間に一生つきまとい、消えることがないが、実は、生まれてから身につけるものではない。

生まれる前から、胎児は、リズムを刻んでいるらしい。心臓の鼓動、脈拍と肺臓の呼吸である。どちらも、リズムと言ってよい。一生なくなることのないリズムである。

詩歌が古くからリズムを持っているのは、胎児のときに始まった反復運動の延長であるといってよい。この出生前のリズムは、前自然の知能であるということができる。

生まれてきた子が、母の子守歌によって泣き止むのも、そのリズムのおかげである。そして、新生児は、急速に、リズムを身につける。

リズムは無自覚に身につける自然知能のもっともはっきりしたもので、歌謡、詩歌もそれを踏まえて、快感、おもしろさを発するのである。リズムは、快感をともない、おもしろさを感じさせるだけではない。心を癒し、和らげる力を持っている。『古今和歌集』の序にいう「力なくして鬼神を泣かしむる」とあるものは、リズムの働きである。脈拍、呼吸のリズムと、どこかでつながっているように想像される。

かつて軍隊が行軍（こうぐん）するとき、軍歌を歌うことが多かった。

そうでなくても疲れる行軍である。軍歌を大声で歌えば、いっそう疲れるだろうと、知らない人は考えるが、実際は、軍歌によって疲労を忘れることができるのである。どこの国にも、軍隊の行進曲があるのは偶然ではない。リズムは活性化のエネルギーを持っているのであろう。鉄道の補修などをする工作員たちが、声を合わせて、何やら歌を歌っているのも、疲れを減ずる効果があるからで、黙ってツルハシを振るようり、仕事が楽になるからである。

固有のアンダンテ

歩くにもリズムが働く。右足を出したあと、左足を出す。そうして歩行になる。すべての歩行がリズムを持っているが、正常歩はアンダンテとなって、その人の生理的生活のみならず、精神的な基本的律動になる。音楽はその標準的なのをアンダンテと呼ぶ。

アンダンテは音楽では一定のテンポのリズムであるが、ひとりひとり、固有のアンダンテを持っている。のんびりした人とせっかちとでは、歩くリズムも違ってくる。

土地によっても、歩くリズムが違う。もちろん、街によっても、違う。

かつての話である。日本の社会学者が、アメリカで向こうの社会学者と雑談していて、アメリカと日本では、どちらが歩くテンポが速いかということになり、競争に負けたほうが勝ったほうにディナーをごちそうするということになった。

アメリカ学者は、当然、ニューヨークがいちばんテンポが速いと言い、日本の社会学者は、東京のほうが速いと言った。

あとで調べてみると、東京が速く、アメリカを驚かせたそうである。

実はエピローグがあって、その東京より大阪のほうがもっとテンポが速いということが、わかった。つまり、大阪人のリズムは世界一、速いということである。日本人としては、信じられないような話である。

餅焼きと、魚焼き

ひとりひとりのリズムは身体的リズムと心理的リズムに分けて考えることができる。

身体的リズムは親ゆずり、祖父母ゆずりであることが多く、先天的である。それに対して、心理的リズムは生後数年の間にはっきり決まるらしい。

上に兄弟のいない長男は、せり合うことが少ないせいか、リズムが緩慢であることが多い。昔の人が「おっとりしている」と言ったのに当たる。上、下に兄弟がいる子は、競争することが多いからであろう、〝しっかり〟している。兄弟が、八人、十人といる場合、ぼんやりしていれば、大損をするおそれもある。多く心理的リズムは鋭敏である。

近年は、少子化が進んで、ひとりっ子が当たり前になった。かつての子のように俊敏である必要がない。

昔の下世話なことばに、「餅はこじきに焼かせよ、魚は大名に焼かせよ」というのがあった。こじきは腹を空かせているからグズグズしていない。餅を焼くにしても、絶えず、ひっくり返す。焼き焦がすことがない。魚をその手で焼けば、形が崩れてひどいことになる。しっかり焼き焦げるまで手を出すな。大名なら、ゆっくりした焼き方ができるというのである。

ひとりっ子が会社勤めをすると、大名の魚焼きに近いことが起こる。ゆっくりしている。だらだらしているから能率が上がらない。昔の人が朝飯前に片付けたようなことを一日かかずらわって、片付かず残業にしてしまう。働き方が社会問題になるが、つまり、グズグズのリズムが広がっているのである。

客の多い店のレジは、いつも列をつくっている。客の金の出し方がノロいのである。百円玉をひとつひとつ摘まみ出して並べる。途中で、確認、数えるから、八百七十円払うにしても、とんでもない時間を食う。そういう客が多いから、列はなかなか縮まらない。

レジは人工知能だから、カチャンとやれば、釣りはざっとひとときに出るが、人間知能がこれでは、レジの列はいつも短くならない。人工知能が自然知能を笑いものにしているのが見たかったら客の多い店のレジへ行くのがいい。そういうレジを見ていると、自然知能はすでに人工知能に完敗しているような気がする。

やがては、社会全体の生産性にかかわることだから、笑ってばかりはいられまい。

07

計算力

マジカル・ナンバー

子供がモノの単数、複数について先天的能力を持っているのかどうかわからないが、英語などでたとえば本のことを言うときに必ず、単数か複数かを示すようになっている。

a book か books である。ただ book というのは、日常生活では使われない形である。日本人は、いちいち単数か複数かを問題にすることはない。ただ、本といえばよい。数に関係する知能に差があることを認めなくてはならない。

人間はもともと、数については、あまり高度の感覚を持っていなかったようだ。一つ、二つ、三つ、四つ、五つ、六つ、七つくらいまでは直覚的に区別することができるけれども、たとえば十五個のものがあると、それを、一目で見て十五個と認知する力がない。

かつて、実験した人がいた。

オハジキのようなものを卓上に投げ出す。それを、一目で見て、いくつと言い当てるテストである。

一つや二つでは、見誤ることはなく、しっかり認知できる。三つ、四つでも同じだが五つ、六つになると少し危くなる。七つまでは、なんとか一目でわかるが、八つになると、もういけない、混乱するのである。そういう実験結果から、一目で数えられる最大数は七までとし、それを、マジカル・ナンバーと呼んだ。

どうして、五、六はわかるのに、八、九はわからないのか、わからないが、七という限度があるというのがおもしろい。

暗算と計算機

数だけでなく、数を加えたり、引いたりする能力も、生得的なものであると考えることができる。

一足す一は二。二足す一は三。さらに二を足せば五になるという加算、五から二を引けば三、さらに一引けば二、となるようなことは、小学校へ入る前にたいていの子供がわかっている。しかし、一般の数字を加算するには筆算が必要になる。引き算も同じく、筆算を要するから、学校で教えるまでできないが、足し算、引き算の能力は潜在的にもっと早くからひとりひとりの子供に具わっていると考えられる。

この数の加減について、かつてはみなソロバンの力を借りた。これは大きな発明である。日本人の数観念はソロバンによって大きく伸びたと考えられる。ソロバンがうまくなると、ソロバンなし、ソラで計算する暗算能力が身につく。この点において、日本人は欧米人よりはるかにすぐれている。

いまは昔、八百屋というものがあった。客は大根一本、人参二本、キュウリ五本、ホウレンソウ一束といったものを買う。もちろん、ひとつひとつ値があるが、あまりはっきりしない。それでも、小僧さんは、ソラで、暗算でいくらいくらと合計金額を言う。客のほうはまるで計算ができないが、小僧さんが言うのだから大丈夫、というので金を払う。小僧さんはほとんど反射的に釣りを出す。

外国人、ヨーロッパから来た人だが、この人が八百屋の様子を見て、驚いた。暗算がとても信じられないのである。

足し算も苦手であるが、引き算はもっと不得手である欧米人には、八百屋の小僧さんの暗算は神わざのように見える。あるいはゴマカシのように思われる。実際、計算してみると、正確だから驚くのである。

日本人、かつての日本人にとって、足し算、引き算の暗算は自然知能だったのである。それに欠けていた欧米人が計算器を求めたのは当然である。それをコンピューターと呼んだのは正直である。暗算が自然知能だとすれば、コンピューターははっきり人工知能であるとしてよい。

暗算能力が普通であった日本では、コンピューターを求める人は少ない。それで人工知能の開発に、日本が後れをとったのは、これまた当然のことである。

自然知能より人工知能のほうがすぐれていると知った日本は、自然知能である暗算能力を捨てて、電卓にウツツを抜かすことになった。

日本人、ことに若い人が計算オンチのようになるのに十年とはかからなかった。

ファミリーレストランで朝食をとる人が増えて、レジが混雑している。毎日食べているのだから代金は先刻承知のはずなのに、列をつくっていた人が、自分の番がくると、財布を取り出して、やおら、金を出す。百円玉をひとつひとつ並べる。五十円玉も入れる。十円玉、一円玉——と並べてやっと五百七十二円の支払いをする。レジは、それをじっとながめているだけ。せっかちでなくともいらいらする。店は考えて、現金でなくカード決済を始めるところが増えた。

せっかくすぐれた自然知能を持っていたのに、人工知能によって、ひどい目に遭っている。

いったん捨てられた自然知能、ふたたび蘇ることはないであろう。

自然知能より人工知能のほうが本当にすぐれているのか、しっかり吟味する人がいないと、自然知能が世界遺産のようになる日は遠くない。

計算力は、自然知能の大事なひとつである。それがキカイによって破壊されようとしているのを、進歩と考える思想は万能であろうか、考える必要がある。

未来に生きる子供にとって、自然知能を大切にしないことが、マイナスにならないか、吟味しないと、人間文化は危うい。

ことに教育にかかわる人たちは、このことを深刻に考えないといけないように思われる。

08
一
経験知

〝月謝の高い〟経験

「経験は最上の教師なり。ただし、月謝がめっぽう高い」

ということばがある。十九世紀イギリスの哲学的思想家、トマス・カーライルのことばである。

若いうちは、よくわからないが、〝月謝が高い〟というのに惹かれて、ときどき思い出しては口にしていた。

〝月謝の高い〟経験というのは苦労のことであると思い当たったのは、中年になってからで、そういう経験なら、自分もちょっぴりは味わったと思うようになった。

世の中には、たいへんな苦労をした人がいると知ると、わけもなくその人物を尊敬した。どうしたわけか、高等教育を受けた人には少ない。

電機メーカー・シャープの創業者、早川徳次はめざましい苦労の人であったらしい。詳しいことは知らないが、おぼろげながら、気の毒なくらい不幸な道をたどって大を成したことに深く感銘した。

幼くして、両親をともに失い、まわりの人の好意で育てられたが、小学校を卒業できなかった。二年だか三年のときに、小学校をやめなくてはならなくなった。

奉公に出て小僧になるが、長続きしない。転々と先方を替えて、働いた。

そして、削らなくてもいい鉛筆を工案作製することに成功した。十九歳だったという。発明特許を得てシャープ・ペンシル、俗にシャープを製造したものの、誰も相手にしない。アメリカへ送ったら、おもしろい発明だというので売れた。遅まきながら日本でも売れて成功した。

ところが、悪い奴に特許をだまし取られ、シャープを作ることができなくなってしまう。

関東大震災で家族を失う中でまたひどい生活をすることになるが、苦心の結果、ラジオをつくることができるようになった。初めのシャープのことが忘れられなかったのであろう。電機メーカーにシャープという社名をつけたというのである。

早川は天才であったのかもしれないが、普通の天才ではなかった。経験が育てた天才であったと言うことができる。苦労という経験は大学などの教えることよりずっと大きなものであることを教えてくれる。

徳川家康の偉大さ

苦労だけが経験ではない。貧しい人に限らない。

戦国の英雄、織田信長、豊臣秀吉、徳川家康で誰がいちばん偉大であったかなどをあげつらうのは賢明でないが、いちばん苦労が多かったのは徳川家康であったことは多くの人の認めるところであろう。

もっとも恵まれた信長が、すぐれた天分を発揮し切れなかったのに対して、秀吉は下賤（げせん）の身分から、這い上がって、天下人になった。

しかし、二代限りに終わらなくてはならなかった。やはり、苦労が足りなかったのであろうか。

家康は、育ちはよかった。小なりと言えども一国一城の主の家柄に生まれた。しかし不幸にも、若いときに旧敵今川の人質に出された。人質になった経験のある人は少ないけれども、たいへん、つらい生き方を強いられたことは容易に想像がつく。

人質になっている間の苦労を家康はムダにはしなかった。政治家としての力をつけたのである。信長一代、秀吉二代の支配であったのに、家康は十五代の幕府の基礎を開いたのである。

世界の首府、数ある中で、東京ほど恵まれたところは、ないと言ってよい。ワシントン、ロンドンをはじめ寒すぎる。冬は大雪に悩まされる。そんな中で、東京の冬は穏やかである。

京都、大阪、関西の地を捨て、郷里の三河も捨てて、江戸に幕府を開いた決断は賢明であった。考える力を持っていたのである。

最高権力者になると、どんなに頭のいい人でも、わが子を後継者にしようと世襲を考える。世襲の弊を本当に知るトップは少ない。

家康も、世襲を考えたが、長男による世襲のよくないことを知っていたらしい。当時としては、異例の知恵であったと言ってよい。

単純な長子相続を避けるために、ご三家をつくり、その中から次期のトップを選ぶという制度をこしらえて、政権の永続をはかった。そしてそれが、十五代、三百年近く、うまく働いたのであった。

不幸は幸福の先取り

戦後、一代にして大を成した人は多いが、後継者づくりに失敗、自らも没落、という例が少なくない。その中で、ホンダ自動車の本田宗一郎が、息子を自社に入れなかった英断が光っている。

本田宗一郎がどうしてそういう聡明さを身につけたのかわからないが、苦しい経験があったということは想像できる。

最近亡くなった与謝野馨（よさのかおる）は名家の出にしては珍しい賢明さを持った政治家であった。

与謝野鉄幹、晶子の孫というのは、政治家にとって、必ずしもありがたいことではない。二世議員みたいになるおそれがある。その中にあって、与謝野馨が独自の政治家といわれるまでに成長したのは、くり返し襲った病苦のおかげである。

政治家として歩み出した、初当選、三十九歳のときに、がん性疾患をわずらっていることがわかった。しかし、本人は、それを乗り越えて政治活動を続けた。ほかの部位のがんにもかかり、がんと縁の切れない人生であった。

しかし、病気のために政治活動をやめることはなかった。最晩年、声が出なくなって、ようやく引退する。

その一生は、縁なき人間の心まで揺さぶるのである。幸福であるのは危うい。不幸であるのは、悲しむべきことであるより、むしろ、あとに続くかもしれない幸福を先取りして、喜んでいいのかもしれない。

いくつまで生きるか、生きられるか

人はいくつまで生きるか、生きられるか。これは大昔からの大きな問題である。年齢を数えるのも、そのためである、と言ってよいほどである。

日本で還暦ということを大事にしたのは、しかし、本当の寿命を考えた上のことではない。十干、十二支の組み合わせは十と十二の公倍数六十で、同じ年まわりが六十年ぶりにめぐって来る。それをおもしろがって、祝うことを考えたものであって、寿命とのかかわりは少なかったとしてよいだろう。

平均寿命が低く、還暦前に亡くなるのは少しも珍しくなかった。人生五十年が常識のような時代がかなり長く続いた。

六十歳、還暦になれば長生きだという感じであり、それを過ぎると、もう立派な老人であった。

しかし、六十歳では、本当の老齢ではないというのであろう。七十歳を目じるしにし、〝人生七十、古来、稀なり古稀〟、ということばが生まれ、近年までよく耳にした。西欧でも、七十を寿命と考えることが多かったらしいのは、3scores and ten（20×3＋10〔＝70〕）ということばが古くから常用されてきたことでわかる。やはり、近年の高齢化社会で出番が少なくなったのは是非もない。

いまは、人生八十年が通りことばで、平均寿命がそれを上回ったのに、人々はあまりそれを驚かなくなっている。人類の歴史はじまって以来のことであろう。

馴れてしまえば、何事も、当たり前になってしまう。戦争中はとくに平均寿命が下がっていたから、人生八十年、などと言えば、夢のようだと思われただろう。

寿命は伸びたが、それだけ賢くなったわけではない。体はしゃんとしているのに、頭が疲れて、ものがわからなくなるケースが多く問題になった。

老化のボケは昔もあったが、それを待たずに亡くなる人が多くて、それほど問題になることもなかった。まわりも、あまり騒がず面倒を見、世話をした。なんと言っても、敬老の心があって、老化についても、いまとは違った考え方をした。

それに、家督相続が違った。いまとは違い、長子相続であって、経済力もそれなりにあった。老人にやさしい敬老社会だったと言うことができる。

近年は、様変わりである。老人を守る力を持たない家庭が増え、老人ホームに早々と入るケースが増えた。

自然知能を補充するもの

人間の老化は、そういう社会の変化と関係なく進み、高齢化にともない幸福でない老年が急増したが、社会としては冷淡であって、待期児童は社会問題、政治問題になったけれども、生活力を失った老人のことを考えるゆとりがないのか、老人は少しずつ生きることが難しくなっている。

いちばんの問題は高齢者の生活力であり、それを支える経済である。生活力は自然知能によって支えられている部分が多い。年を取るとその自然知能も働きが悪くなる。しかし、それを改変、改良するなどということは考えられもしない。

人間にとって、それがどんなに不幸なことであるか、これまで、考えられることもなかった。しかし、放っておかれないことであるのに、忙しい社会はそんなことにかかずらうゆとりがない。老人は、ひとりさみしく、老いの道に入ることになって、あわれである。

衰える自然知能を補充するのは大変やっかいなことで、これまでほとんど考える人もなかった。

自然知能を助けるもっとも大きな力は経験知で、子供のときにはほとんど見向きもされない。年とともに経験を積む。その経験が、自然知能の助けをしてくれるのである。

経験といっても、なんでもよいのではない。思いがけない好運に出会ったというような経験はひとときの喜びにすぎない。人のうらやむようなことがあっても、本人がそれで人間価値を高めるということは少ない。むしろ、危険である。いい気になっていると、思いもかけない災難に遭ったりするのが人間である。昔の人は勝って兜の緒を締めよ、と戒めたが、たいていの人間は、勝っては兜を脱いで、酒盛りに興ずる。そこへ、恐ろしい、魔の手がしのび寄り、喜びは一転、悲しみに突き落とされるということになるかもしれない。

それに対して、マイナスの経験は痛切である。滅多なことでは挽回など考えることもできず、失敗の後遺症はなかなか消えない。

その間に、人間はいろいろなことを学ぶのであろう。二度と同じ失敗をすることは少ない。マイナス経験は苦労となって、心の中に居坐るようである。苦労は賢く、用心深く、強情である。失敗する前より、失敗したあとのほうが、人間がよくなり、賢くなっているのだが、失敗にこだわっているうちは、なかなかそれに気付かない。しかし、その間に、確実に、人間性を高めているのが普通で、昔の人が「災いを転じて福となす」と言ったのも、この間の心の機微に触れたものである。

経験知がマイナスから生まれるのは、人間の宿命なのであろう。生まれつき溢れるような天分を持ち、それを、うまく伸ばして、驚くべき成功を収めた人が、中年になり、高年になってむしろ、みじめなことになる例は、自然知能の衰退を経験知で補い切れなかったのである。

恵まれた環境で育った人は、不幸な生い立ちの人に比べて、経験が足りない。ものを考えない人は、不幸を憎むけれども、本当に人間の成長を考えるとき、不幸が足りない、失敗を知らないというのは、たいへんなマイナスであることがわかる。

〝若いときの苦労は買ってでもせよ〟は、この逆説を衝いているのであり、常識的な人生を送っていると、一生かかってもわからず、晩節を汚したりすることが、きわめて多い。そういうことをしっかり学びとらないのは、想像力の欠如である。

人生前半のマイナスを老いて大プラスに転じる

「十で神童、十五で才子、二十過ぎればただの人」

こういうことばが、かつては、かなりしばしば聞かれたものだが、近ごろはあまり耳にしなくなった。わけがわからぬという人もあるらしい。

十歳のときは神童、つまり天才だった子が十五歳になると力を落として秀才と言われるようになり、さらに二十歳になると、ただの人、普通の人間になってしまう。年とともに才能を失うことを言ったもので、それくらい急速に人間の能力は落ちていくものだと言うことを教えたものである。

自然知能の泣きどころは、比較的、短命なことである。天才的能力を持って生まれてくるくせに、「二十過ぎれば、ただの人」になってしまうのが普通である。

いくらかでも、それを少なくするために考えられたのが、学校における公教育で、これはごく広い意味で、人工知能を伸ばすことを志向していると考えてよい。実際には、しかし、学校教育が、自然知能の不足を補う人工知能を与えることは、きわめて問題で、二十過ぎれば、ただの人になってしまう。

学校でダメでも、経験がある——とはならないのは、経験は若者を嫌い、若者も経験が好きでない。やはり人生で揉まれ、ありがたくない苦労を積むことのできる中年以後に期待するほかはない。

いまの時代、年を取り老齢に達することがかつてのように手放しに喜ぶことができないことになりつつある。しかし、長命のメリットを見落としてはならない。人生九十年ということになれば、人生五十年と言った時代の高齢者よりたいへん経験が豊かになる。経験知にしても、これまでより深いものが期待できる。

経験知も寿命に比例して伸びると考えることは可能であるから、老人、必ずしも悲観することはない。人生前半のマイナスを、後半の経験知によって、ひっくり返してプラス化することは、少なくとも、可能性はあると言ってよい。

忘却の創造性

それにつれて、人生観を変えることもできれば、新しい希望を発見できることになる。命は長ければ長いほどよく、苦しいことが多いからといって嘆くのは愚かで、苦労でつかんだ経験知によって、前半の人生より充実した後半生を生きることが可能になるとしたら、生きることがおもしろくなる。

一般に、経験について誤解がある。過去に起こったことの記憶から経験が生まれるように考える。ことに大きく成功したとき、成功経験として深く心に刻むことが多いけれども、経験知を無力化するのは、この成功経験の記憶である。失敗したときも同じように記憶が働き、いつまでも、失敗にこだわり、そこから足を抜くことができない。

これまで、経験知が、しかるべき力を発揮できなかったのも、この記憶のせいであると考えられる。成功はなるべく早く忘れなくてはいけない。失敗は成功よりさらに忘れにくいけれども、これも、なるべく早く、あっさり忘れるのが知恵である。忘れないように、学生、生徒はいろいろ努力するが、うまく忘れる頭は、よい頭である。新しいことを考えることができる。

一般には、記憶力が強く、いつまでも、忘れないでいるほど頭がよいように考えられているが、本当にすぐれた頭脳は、不要なことをさっさと忘れる。いくら忘れるといっても、すべてが忘れられるわけではない。

忘れ切れなかったことから、新しいものが生まれる。記憶した通りを再生すれば、模倣ではあるけれどもそれを抜け出せない。忘れて忘れ切れなかったことの中から、新しいことが生まれる。

忘却には不思議な創造性が秘められていることを、われわれはまだよく理解していないようで、忘却を頭から悪もの扱いして、忘れるな、よく覚えておけ、というのが合い言葉のようになっている。それで模倣力は強まるが、自分の頭で新しいことを考える力は、長く教育を受けるほど低下するという皮肉なことになる。

経験知は、忘れて忘れ切れなかったところから生まれる。やはり、自然知能のひとつであるといってよい。

09

マイナスがプラス

不幸と幸福

健康な人は、黙っていればいいものを、病気にならないと言って自慢する。そういうのに限って、定年になるとすぐ亡くなったりする。ひどいのになると、働きざかりの年で早々と他界したりする。

他方、病気ばかりしている弱虫が、年とともに丈夫になったのか、同窓クラス会などでも元気がよくみんなを驚かす。

多くの人は、とくに健康でもなく、病弱でもなく、平々凡々、年を重ね、静かに笑っている。少なくとも、若いときに病気にかからず健康であると威張るのがよろしくない。かえって病気にかかりやすいように思える。病気にかからないのを自慢するのは短慮である。

あるわけ知りの開業医が、大病院で叱られた患者をなぐさめた、という話がある。

Tさんは大病院のかかりつけ患者で、風邪ばかりひいて、ドクターから叱られていた。おもしろくないTさんが、近くのクリニックで診てもらうことにして、風邪ひきの気持ちを話した。Tさんは、いつしか、人間はときどき風邪をひかなくてはいけない、それを乗り越えるたびに、少しだが、強くなるような気がするという〝哲学〟を披露した。ドクター大いに喜び、風邪ひとつひかないと威張っているのは高速道路をフッ飛ばしている車のようなもの、一般道路に下りると、事故を起こしやすい、いつも信号で停められているドライバーはあまり大事故を起こさないのは当然ですと言い切った。そういう医者がよく治すのである。いいかかりつけのお医者にめぐり合えるか否かは一生にかかわる。

不幸についても似たことが言えるかもしれない。

何の苦労もなしに、恵まれた家庭に育つのは大変な幸福であるが、ときとして、いや、かなりしばしば、幸福が災いのもとになることがある。苦労などないに越したことはなさそうだが、人間の生きる道は平坦ではない、凸凹道である。うっかりしなくとも、転んで痛い目に遭う。

何度も、ひどい目に遭っていれば、ちょっとした挫折など問題ではなくなるが、ハイウエイを飛ばしているクルマは、ちょっとした障害で大事故を起こすことがある。

不幸は幸福のもと、幸福は不幸のもとということが実際に起きるのである。若い者が、自分の幸福を誇るのは、きわめて危険である。それに対して、不幸に苦しむ者は、成功への入口であると考えるのが英知である。こういうことを知る秀才が少ないのは、天が、不幸な凡人の肩を持っていることを暗示しているのかもしれない。

人間を鍛える最初の機会

注目されることは少ないが、回復力はたいへんなものである、らしい。やはり、風邪を例にとってみる。

風邪をひく。そのときの体調を、仮に一〇〇とする。これが風邪によって五〇くらいまで下がる、とする。治療によって、治る、とする。もとの一〇〇まで戻るのが回復であるが、一〇〇の力では五〇を一〇〇へ戻すことはできない。一二〇、一三〇の力を出して、五〇を一〇〇に戻すのである。風邪の治ったときは心身充実している。一〇〇へ回復しているのではなく、一〇五とか一一〇までになっていることが想像される。つまり、おつりが来るのである、風邪をひいて、もとより元気になる――そういうことのあるのが人間である。

若いとき風邪ばかりひいていた弱虫が、中年になると丈夫になり、高齢になると、人並みすぐれて壮健になる、というのは、いくらでもある。他方、風邪ひとつひかないと威張っていたのが、思いもかけぬことで早死にする。つまり、回復力の恩恵にあずからなかったのである。

入学試験を受けて落ちる、というのは、おそらく、人生最初の不幸であると言ってよいかもしれない。経験のない年頃である。入試の失敗がどれくらいの不幸であるか、わかっていることは少ない。ひたすら嘆き、悲しむしか手がない。励ますことのできるものもなく、悲嘆に暮れる。

ある少年は、入学試験を受けたが、よくできなかった、とひとり悩み、悩み抜いた末に、自殺してしまった。するとそこへ合格の知らせが、届いた、というのである。少年の苦しみは、ほかのものにはわからない。もう半日待てばよかった、などというのは傍観者の無責任な考えである。失敗はときに死より恐ろしい。

それでも、入学試験をなくすることはないし、不合格者のない入試はない。それどころか、いい学校ほど競争率が高い、つまり、落ちる人が多い。喜ぶ人の何倍もの人が悲しむのである。

それで、試験地獄ということばも生まれた。

競争が何倍もの入試で落ちるより、ほんのわずかしか不合格者の出ない入試のほうが、落ちるショックが大きい、ということも、よくわかっていない。

入試に落ちれば、〝浪人〟である。ふつう浪人はひどく嫌われ、人間を鍛える最初の機会であると考える人は少ない。浪人は、世間の常識に苦しめられるが、悪いことばかりではない。よし、こんどこそは、と思って一年の雌伏に堪えるであろう。そこで伸びるのは学力だけではない。転んだら立ち上がるのだという根性ができる。精神的に成長する。受ける試験はみな合格するという秀才は、どこか浪人を見下ろすところがあるが、やはり、浪人には勝てないことが多い。四十歳、五十歳になってよい仕事をする人は、かつて、入試に失敗した経験を持っていることが多いようである。

「いまが苦労の買いどき」

不幸を正常へ引き戻そうとする力は異常なもので、ただ上昇しようとする力より、大きいのが通例である。大きく進歩するには、挫折、後退が必要であるということは、頭ではわからなくても、体がよく知っている。自然知能のひとつである。

あるお寺の和尚は、ユーモアがあるらしく、門前の立て札に、

「いまが苦労の買いどき。おくれるほど値が高くなる」

と書き出した。

これは、挽回力は若いときほど高く、年を取ると、だんだん弱る、同じことなら、早いうちに経験しておいたほうがいい、というのである。

こうしてみると、苦労と年齢とはセットをなしていることがわかる。さらに、大切なのは苦労の先行である。苦労のあとに成果があらわれる。逆に成功が先行すると、どうしても苦労、失敗を引き寄せることになりやすい。

不幸の少ない、恵まれた育ち方をするのは、むしろ危ないのである。不幸のかたまりのような育ち方をした人がびっくりするほどの成功をおさめることがあるのも偶然ではない。

いつだったか、総選挙のあとで、ある新聞が、新議員の生い立ちを紹介したことがある。

目を引いたのは、幼いとき、親、両親を亡くしている人がびっくりするほど多かったことである。総選挙は、いまのところ、もっとも厳しい競争である。いろいろな好条件が揃っていないと、当選は望めない。その当選者たちが、親を失うという不幸を経験しているというのは、不幸の力を考えるものにとっては、大きな啓示である。

幼くして、親を失うのは、おそらく、人間にとって、最大の不幸。実際、経験したものでないと、そのもたらす苦労はわからない。たいへんなハンディだと考えられるのに、実際はそれを逆手にとって、人並み以上の力をつけることができる、ということを広く知らせる一例で、苦労に悩む人にとっては何よりの力づけになるはずである。

〝われに七福八幸を与え給え〟

不幸や苦労そのものがありがたいわけではない。それがひょっとして引き連れてくるかもしれない成功、好運を見越しているのである。

戦国の武将、山中鹿之介が「われに七難八苦を与え給え」と神に祈ったのを、正気の沙汰でないように考える正直者は、不幸と幸福がセットになっているのを知らないのである。これは、〝われに七福八幸を与え給え〟と言っているのと同じである——そう考えるのが、人間がもともとの持っている考え方なのである。

それがわからなくなったのは、末世のせいである。パラドックスではなく、まっとうに不幸が幸福を招くのである。

そのことを頭が理解しなくても、体で承知しているのが自然知能である。

プラスとマイナスを相反するものと考えるのは無機的である。血の通っている人間思考では、幸福と不幸は、表裏をなしている。

人工知能は無機的思考である。それに対して、自然知能は有機的、切れば血が出る。
自然知能を大切にしないといけない。

10

愉快力

〝笑う門には福来る〟

子供は生まれたときからしばらくは泣いてばかりいる。いやなこと、苦しいことがあるのか、それとも、ときどき、呼吸のようにのどを鳴らすのか、お互い、身に覚えがなくなってしまったから、わからない。

やがて、子供によって一様ではないが、笑うようになる。日本では、いつ笑うようになったかなど、問題にする人はいないようで見逃されている。

実は、笑うことができるのは、たいへんなことで、人間の特技と言ってもよい。イヌやネコは笑わない。

くすぐって笑わせるのは別として、笑うのは頭の働きである。知能によってヒトは笑うのであろう。知能がはっきりしない動物では笑いは生まれない。泣くのは人間と同じように泣くことができる。

人工知能は泣くこともできないし、ましてや、おもしろいことがあっても、笑うことはできない。その点でキカイは動物の次元に留まっているとも言うことができる。くすぐって笑わせるのはいわばキカイ的である。それに対して、知的刺激に反応して笑うのは、人間が生来持っている能力によると考えてよかろう。

そう考えると、笑いが知的活動のもっとも早いものであることがわかる。モノを数えたり区別することができるまえに、〝おもしろい〟ことに反応する笑いが発動する。もっとも早い知能――自然知能、人間知能――は笑いであると言ってよいであろう。

笑いは、泣くよりも知能とのかかわりが深いように思われる。頭のいい子は、そうでない子より早く笑う。ヨーロッパでは、そう考える人が多く、初笑いが、注目される。

泣くのが、マイナス原理にもとづくとすれば、笑うのはプラス原理によるように考えられる。

このプラス、マイナスは、交錯する。いくらよく笑うと言っても、のべつ立てつづけに笑っている、などということはない。泣いて、しばらくして、笑う。そしてまた泣く。泣くのは望ましくなく、好ましいことでもないのであろう、だんだん、少なくなっていく。笑うのは逆に、少しずつ増えるようで、ことにほかの人といっしょにいて、気持ちのくつろいでいるときは、笑ってばかり、ということも珍しくない。幼いときから、泣くにも声をあげ、笑うには、それほどではないが、声を出す。

年齢が上がるにつれて、笑い声が高くなり、若者になると、けたたましい声を上げて笑うのがひとつの表情のようになる。これは一種の気取りであるから、本来の笑いとは区別しなくてはならない。

もともとは、いやなことがあって泣き、愉快なことで笑うのが正常であるが、笑いが歓迎されてだんだん大きな意味を持つようになった。

笑いはいいことがあったときに起こるが、やがて、笑うといいことがあるように考えることが多くある。

笑うのは健康によい影響を及ぼすというのは近年の発見であるらしく、病院などで、注目するところがあらわれている。昔の人も気づいていたのであろう。〝笑う門には福来る〟ということばがある。

休みすぎもよろしくない

一般に、しなくてはいけない作業などは、辛くて、いやなことが多い。幼児だったら泣くことであるから、ところどころで、ひと休みして、心の疲れを癒す。泣いたあと、苦しいことをしたあと、一服して、元気を取り戻すことができるのは、きわめて早くから、わかっていたようである。

年中無休などが必ずしもよい仕事ぶりではないことは、ことに激しい作業をする人たちの間で注目され、ひと仕事したら、ひと休み、というのが文化になる。

子供にとって、勉強は、辛い作業であるから、ぶっつづけに、授業をしてはまずいということは昔からわかっていた。授業と授業の間に休み時間をもうけているのは、たいへんな知恵である。これをつぶして、何時間も授業するようなところはなかった。

近代教育が始まる前の、高等教育、大学では、授業と授業の休み時間を取るほかに、日曜日を休み、さらに、夏期に長期の休暇をこしらえ、冬も冬休みをつくった。それが近代教育にも引き継がれてきた。

近年は、長期休暇、日曜の休みのほかに、土曜を休み、その上に、なにかと理由つけて休日を増やし、大型連休といったものまでできた。

作業能率が低下するのはわかっている。リクリエイションが生産性を高める、などというのは、怠け者に迎合する偽論かもしれない。

学校では、休み過ぎるために、リズムを崩し、授業が実際以上に、辛い、おもしろくないものと受けとめる子供が、不登校児になっている。

やはり、働き過ぎと同じように、休み過ぎもよろしくない、ということに、一部の人が気づき始めたようである。

「よく学び、よく遊べ」の秘密

勉強ばかりしていてはダメだ。遊ぶのも大切だと考えることのできた人たちが『よく学び、よく遊べ』というモットーをこしらえた。ヨーロッパが起源らしく、日本へも導入されたが、働き好きで、マジメ人間の多い日本ではとうとう理解されることなく消えてしまった。

イギリス人は、生活尊重にもとづいて、「勉強ばかりしているとバカになる」ということわざをこしらえた（all work and no play makes Jack a dull boy）。

ただ、勉強を休むのではない。遊ぶのである。勉強に対して、スポーツをすることを考えた。教室の授業と、校庭のスポーツを重視した。名門校の優等生は、学業で好成績であるだけではいけない。スポーツ、しかし、個人技ではなく、チーム・スポーツで選手になるくらいである必要がある。文武両道とは少しニュアンスが違うが、スポーツの重要性に着目したのは、古代ギリシャ以来のことであると言ってよく、イギリスは、ジェントルマンという近代賢人を育成することに成功したのである。

本当に人間を考えることのない政党が政権を執るようになって、ジェントルマンは消えようとしている。

仕事をするのと、遊ぶのは、一見いかにも正反対のように見えるが、両者が協同して、リズムを奏でるようであれば、進歩、前進、創造の原理になりうる。そして、仕事、勉強が苦痛ではなく、おもしろい、と感じられるようになる。

遊びの中に秘密があるようである。

一見、いかにも、非生産的と見える遊びが、実は、生産的、創造性を高める原動力になるというのは、おもしろいパラドックスであるが、お互い人間は、みなその可能性を内に込めて、この世に出てくるのである。そう考えると、このパラドックスが、逆説でなくなるのである。

不調和の調和

子供が生まれて、しばらくの間、泣くことしかできなかったというのは、辛いこと、いやなこと、苦しいことばかりで、泣くしか手がないからであろう。

その中で、それを忘れるようなこともあるということを知るのは、たいへんなことである。泣いてばかりいられない。笑うことができるというので笑うようになる。たいへんな進歩であるが、まわりの大人などから教わるのではない。持って生まれた知能によって、その発見の力が加わったのである。すべての子供が、笑うようになるというのは、〝おもしろい〟ことを、それと認めることのできる能力は、すべての人間に、生来的に具わっているということを暗示するように思われる。

環境が劣悪で、マイナスの刺激だけしか与えないような育ち方をすると、この〝おもしろさ〟感覚が未発のままに終わることも考えられないことはないが、それは例外的で、すべての人の子は、生まれながらにして、〝おもしろいこと〟を求め、それを喜ぶ力を持っていると考えたほうがよい。隠れた自然知能であるとしてもよい。誤解を受けやすい知能である。

まじめであることは美徳であると言ってよいが、遊ぶのを悪いことと決めてかかるのは未成熟な思想である。

仕事と相反する遊びが、不調和の調和に達することができれば、人間文化はぐっと高まる道理である。

これまでの人類の歴史において特記されるような業績は、おもしろさの中から生まれたと言ってよい。つまり人間の自然知能の生み出したものである。

われわれが、〝おもしろい〟ことを求めるのは決して退廃ではない。創造への泉であるといってよい。

ただ、その〝おもしろさ〟の感覚が成長するのは、幼少のころに限るということがポイントで、万人が天才的可能性を持って生まれてくるのに、本当の天才が、きわめて少ないのは、自然知能を放置しているからで、惜しむべきことと言わなくてはならない。

その〝おもしろさ〟の感覚から愉快力が生まれる。

11

一

忘却力

書いたことをすっぽり忘れる

亡くなった歌人の田中隆尚(たかひさ)氏は抜群の記憶を誇った。おかげで、専門のドイツ語のほかに、イタリア語、ギリシャ語などをマスターして、ローマでイタリア語の講演をしたほどである。

田中氏は、予定を記入する手帖を持たないことを自慢していた。何カ月も先の予定を、ほかの人が手帖に書き入れるときも、彼は、頭に入れて涼しい顔をしている。来年の話だが、というときも、その週はダメ、次の週なら木、金と空いている、などと言うから、あいつは天才だと言われた。

しかし、七十歳に近くなって、彼の頭の予定カレンダーが乱れたらしく、大混乱を起こしたという。ほかの者は、それを聞いて、やっと安心したらしい。

私は、まるで記憶がダメ。来週のことでもメモしておかないと忘れる。いつも手帖と首っぴきだが、困ったことが起こるようになった。

自分で記入した文字が読めないのである。いくら考えても、わからない。家のものに見てもらうとわかるのだから、いやになり、自信を失う。

どうして自分の書いた文字が読めなくなるのか、考える。まず、文字が乱れている。鉛筆書きで掠（かす）れていることもある。急いで記入することが多いからだろうと思っていた。だいぶ経ってから、そうではないことがわかった。書いたことをすっぽり忘れてしまっているのである。

忘れたことを記してあることばは、普通のことばより、はるかにわかりにくい、ということがわかった。気になったことのメモ、おもしろそうだと思ったことのメモなら、ちゃんと読める。忘れていないからである。どうでもいい、あるいは、いやなことを書いたのは、たいてい、読めない。記憶していないからである。記憶、忘却は、一様に働くのではなく選別的に行われているらしい。

記憶信仰

それにしても、よく忘れるものだ。記憶の弱いのは頭のよくない証拠とされるから、自分はよほど貧弱な頭なのであろう。長い間、ひそかに、恥ずかしい思いをしていた。

そのうちに、記憶力のよい、頭のいい人は常識的で、新しいことを考えるのは上手でないらしいことに気づいて、妙な自信を持つようになった。

新しい同人雑誌の名前を考えるときなど、みんなが案を出すが、優等生はいかにもありきたりの名前を挙げる。まるで勉強などしていないようなのが、目の覚めるような名前を出して、みんなを驚かすが、大勢の常識派につぶされてしまう。

記憶力のいい人の頭は、これまでの知識が詰まっている。新しいことを考える余地がないのである。あまり本を読まない人の頭はガランドウの倉庫のように広々と空いている。新しいものを入れるのに好都合である。

本を読んでも、知識をたくさん取り入れても、忘れっぽい頭は、ものを知らない頭と同じように、新しいものを取り入れることができる。頭がよくなるのである。忘れる頭もよい頭であるということになる。

たいていの人は、生まれるときに、よく忘れる頭を持って生まれてくる。毎日、たくさんのことを覚える、つまり、記憶するけれども、頭がいっぱいになって溢れる、というようなことにならないのは、この忘れる力のおかげである。幼いときに、頭が重いとか、頭がすっきりしない、ということがほとんどないのは、忘却作用がよく働いて、頭がいつもきれいに片付いているためであろう。

小学校へ入ると、知識を学ぶ。つまり、記憶する必要がある。せっかく覚えたことを片っ端から忘れていては都合が悪いから、先生は、

「よく覚えておけ。忘れてはいかん」

と口ぐせのように言う。やがて、忘れるのはよくないことだと、思うようになる。覚えているかどうか、確かめるために、テスト、試験をする。記憶していれば点を取れるが、忘れると点がもらえない。こども心に、忘れてはいけないと思い込むようになる。

そのために、子供の頭はかなり悪くなるのだが、誰もそんな心配はしない。記憶は

よいこと、忘却はいけないことと思い込んでいるのである。

教育が普及して、高学歴が普通になると、この記憶学習の期間も伸びて、記憶型の頭が増える。知識を増やすには好都合であるけれども、頭は、ゴミ出しのしてないゴミ溜めのようになって、あとからのモノを受け入れられなくなる。糞づまり、のようなもので、新しいものを吸収しようという意欲を失わせることになる。世間でいう、知識バカになるのである。モノはよく知っているが、自分の頭で考えることができない。

学校のとき、成績優秀だったものが、中年になると、平凡な常識人間になっている例はいくらでもあるが、忘却をないがしろにして、記憶にばかり力を入れたからである。

それでもなお、忘却不足、記憶過多であることに気づかない。記憶信仰はそれくらい強いのであろう。

忘却力を高める

忘却力を高めなくてはならない。幼いときには立派に働いていたのだから、復活させるのである。しかし、どうすれば、よく忘れられるのかを、知っている人が少ない。めいめいで工夫するほかはないが、これが、たいへんなのである。ノイローゼのようになったりする。

世の中の人は、ほとんど、記憶は大切な能力だが、忘却は、むしろ困ったものであると思い込んでいる。記憶は勉強の原動力だが、それを妨げる忘却は抑圧しなければならない。忘れないようになれたらどんなにすばらしいかと思っている人がほとんどである。

自然の力は大きい。人間が忘却をバカにし、目の仇にするだろうことを見通していて、人間が忘れようなどと思うことがないだろう、自然に忘れられるようにしておいてやろう、というのが自然である。

人間は、夜、眠っている間に、自然に忘却活動をすすめている。レム睡眠と言われるもので、マブタがピクピクしたりするから、本人は知らないが、ほかから見ることができる。一度でなく、何回もレム睡眠は起こっているという。これが忘却活動であり、頭の掃除である。レム睡眠が長期にわたって妨害されると、頭に異常が起こる。

朝の目覚めが、さわやかであるのは、頭の掃除が済んだあとだからである。ノンキな人間はそれがレム睡眠のせいであることなど、まったく知らないでいる。

眠っている間に、自然にモノを覚えたりする人間はいない。本を読んだり、話を聞いたりして、記憶する。それに対して、忘れるほうは、放っておいても、忘れられるのだから、ありがたいわけだが、記憶信者の人間はそうは考えないで、記憶は重要だが、忘却はむしろ有害だと決めている。人類始まって以来の誤解だが、いまも生きている。

気分爽快

文化が高度化し、教育が普及するにつれて、人間の知識が急増している。それを身につける記憶力がいよいよ重視されて、多くの知識人を生んでいる。

知識の多いのは喜ぶべきことであるが、反面、思考力が逆に低下するかもしれないおそれがあることを忘れてはいけない。

それにともなって忘却力が高まれば問題ないけれども、忘却は嫌われたままである。いつしか知識過多症とも言うべきものが、広がっている。これは好ましいことではない。うまく忘れて、知的メタボリックを起こさないように心掛ける必要がある。

実際、そういう努力がされている。

もっとも大きいのはスポーツ。われを忘れ、汗を流せば、頭の中の掃除、忘却も促進させられる道理である。スポーツができなくとも、散歩することでも効果はある。

先年から健康のために、散歩をするのが流行のようになったが、頭の健康のためにも、散歩の効果は小さくない。気分爽快、というのは、頭がきれいになっている証拠である。散歩に限らず、あとで気分爽快になることはみな、頭の中のゴミ出し、忘却が進んでいることをあらわしているのである。そう考えると、入浴なども、知的効果を持っていることがわかる。

おもしろくないこと、うるさいこと、いやなことが増えるのが、進歩であるように考えられがちな現代、忘却の価値をはっきり認識するのは、きわめて重要である。もちろん、記憶に劣らず忘れるほうが、健康的である。記憶の努力はもちろん必要であるが、忘却の努力もそれに劣らず大切である。それに気づくのが知の始まりである。

忘れるが勝ち！

12

嗅覚

鼻バカの増加

嗅覚は動物にのみある感覚である。

どんな大木の松の木でも、嗅覚を持っていないから、悪臭を問題にしない。

動物でも、嗅覚は一様ではない。人間は威張っているものの、嗅覚では恥ずかしいほど微力である。だから香水を使ったりする。

イヌは嗅覚では優秀であるから、人間はイヌを使って、麻薬捜査をしたりする。

どうして、人間の鼻がダメで、イヌがすぐれているのか。

どうも、鼻の位置が関係するようで、イヌは、たえず地面を嗅いでいる。自分の尿の臭いを嗅ぎ分けることができるらしい。ところどころに、尿をかけて自己主張をしている。人間には、とてもマネができない。

人間は直立歩行という、ほかの動物のしないことをするようになったときから、鼻が地面から大きく離れてしまった。地面の臭いを嗅ぐことができなくなり、鼻は力を大きく失ったのである。

それでも、台所の煮物が焦げるというような強い臭いには、反応する。モノが焼けるのは危険だから、それだけ強い臭気を発するのであろう。退化しかけている人間の嗅覚も、それには反応して、危険を知り、避けることができるのである。

生まれたばかりの子は、母親をニオイで感知するらしいが、離乳するころには、その識別を忘れてしまうらしい。

小学生は、大気中のガスに反応して気分が悪くなったりするが、大人は平気ということが多いのも、子供のほうが嗅覚が鋭いことを暗示する。

思春期になると、嗅覚ははっきり弱化する。そして、中年になると、香水を求めるほどになる。

普通の大人は、嗅覚を意識することが少ないが、それで不便、不都合は少ないようである。

醤油の産地をはじめて訪れたアメリカ人が、日本はカビの匂いがするという。アメリカにはカビが少ないから、それを経験で知っているのではなくて、嗅覚が先天的に持っている能力によるのであろう。

カビの多い中で育った人間はカビの匂いを忘れてしまう。よそから来た人が、臭い、と言うと驚くのである。

いずれにしても、嗅覚は大した能力ではないから、鼻バカはどんどん増える。

それを気にする人、ことに女性は、香水を使って守ることになる。

「お人よし」の嗅覚

嗅覚は、もっとも軽い感覚だということができる。すぐれた嗅覚を持っていても人間の価値が上がるわけではない。どうせ、イヌには及ばない。

生理的嗅覚は、そうであるかもしれないが、人間の嗅覚には心理的作用をともなっている。

おかしい、臭い、ということを感知するのが心理的嗅覚である。はっきり正体を突き止めることはできなくても、なんとなく、クサイと感じることがある。どことなくニオウ、ということもある。形而上的嗅覚で、ふつう、勘といわれるものである。

この嗅覚的な勘は、悪いことに対して働くことが普通で、喜ぶべきことの予感にはならない。悪臭には反応するが、いい香りには鈍感である。

そう考えると、嗅覚は護身のために具（そな）わっているのだと考えることができる。

危険の多い、悪い環境で生きるものほど嗅覚が発達しやすい、という見当が立つ。

良好で安全なところで生活している人間は、危険を嗅ぎ出す力を育むことが難しい。〝お人よし〟といわれるのは、心理的嗅覚の未熟なことを暗示しているように思われる。苦労して成功したような人は、おしなべて、この心理的嗅覚がすぐれているようである。

失った能力を肩代わりする能力

私自身、生まれつき嗅覚がすぐれていると思ったことはない。人並みであると思っていた。

年を取る前から、目がひどく悪くなり、視覚ははっきり劣等で、七十歳以後、半分は障害者になって、いろいろ苦労した。ロクに本も読めないから、人並みの知識を身につけることはついに、できなかった。いまは、あきらめて、くよくよしないことにしている。

八十歳を越えたころから、だんだん耳が遠くなり、やがて人の話がわからなくなった。補聴器をつければ聴こえるかと思って、高価な補聴器をあれこれ手に入れたが、実用にはならない。仲間とのおしゃべり会でも、半分はわからない。みんなが笑っているときでも、ひとり、さみしい思いをする。

目の不自由もつらいが、耳の不自由はそれ以上。新しいことを知るには、耳は目以上に大切であることを、おそまきながら、思い知らされた。わが人生も、ここまでか、と思うことが多く、ひとり楽しまない日々が多くなった。

そんなある日、嗅覚が鋭くなったのではないかと思った。これまで気にならなかった臭いが、におうのである。電車に乗り込んできた美人が妙な臭いを放っている。これまで、そんなことに気付いたことがなかった。

通りを歩いていると、台所で大根を煮ている香りがする。焼き魚も、ほかの魚ではなくてサンマであるとわかる。そういうことが多くなった。つまらないことだから気にもしなかったが、やがて、これが思考にも及ぶようになった気がする。嗅覚によって頭の働きがよくなったなど、あり得ないこと、と打ち消していたが、どうも、頭が少しよく働くようになっているのではないかと思うことが少なくない。

生理的嗅覚の知能が、作用を持ち出したらしいということを少し、本気で考えるようになった。失った視覚知能、聴覚知能が遊んでる嗅覚知能に乗り移ったと考えるようになっている。

目と耳で失ったものを鼻で補おうとしているのかもしれない。目と耳が、こんなにヒドイことになってしまったのだから、ハナにかけてもらおうとしているのかもしれない。

それが案外、うまく行って、目や耳がよかった（目はよかったことはないが）とき以上に頭がよく働くようになったのであろう。自分ではひそかに発見だと思っている。

自然知能の新陳代謝

そう考えると、年を取って、いろいろ衰えてきても、それを補って余りあるような能力を持つことができるように考えられる。

身体障害者が、ときとして健常者の遠く及ばない偉業をなしとげることがあるのも、失った能力を埋め合わせようとする自然知能の起こすことであろう。

歴史上、もっとも著明なのは塙保己一（はなわほきいち）である。失明の身でありながら、昔のことで、何千冊の書籍を著わしたのである。彼は自分で本を読むことができない。ほかの人に読んでもらうのだが、一度、聞いたことは決して忘れなかったというから驚く。二度と聴くことができないと思うから、耳がよくなって、記憶もよくなったのであろうか。

機械は、壊れたらそれまで、であるが、人間は、失った能力を肩代わりする能力があって、それがときには、もとの能力を上まわることもあるらしいから愉快である。

自然知能の新陳代謝が可能であれば、「かくて、人は、日々、賢くなりゆく」（シェイクスピア）がただの修辞ではなくなり、年寄りが若者より賢くなるということが人生において実現できれば、高齢を喜ぶことができる。

13

一

味覚

砂糖と塩を見分ける試験問題

かつて、ある国立大学の附属小学校が入学試験で問題になったことがある。試験は、テーブルの上に、二つの白い粉状のものをのせて、試験者が、

「これは、砂糖と塩です。どちらが砂糖でどちらが塩でしょう」

ときく。六歳の子供は、びっくりしてことばも出ない。もっと難しいことが問題になるだろうと、いろいろ準備してきている子が多かった。まさか、塩と砂糖を見分けよ、などという問題が出るとは思いもしない。

目の前にはコワイ先生がいる。思考停止の状態になって、〝わかりません〟という子がいる。塩も砂糖もよく知っているが、二つ並べて、どちらが砂糖、塩、などと思ったことはない。わかり切っているではないか、と思っている、子供たちにとって、恐ろしく、難しい問題である。

出題者としては、予想外の問題を出すことに、ちょっとした快感をいだいたであろ

うか、そう考えることはできる。

子供たちの話を聞いた保護者たちの中には腹を立てたのがいるだろうと想像される。心にくい問題であるだけに、子供が可愛そうだという気持ちになる。大人だって、わからない、という人がいたに違いない。

正解は、「ナメてみる」だった。砂糖と塩であることは知らされているのだから、口に入れてもいいわけであるが、そう考えることは、子供には無理かもしれない。さわってみても、塩と砂糖の区別はつくが、六歳の子供に、そういう知恵を求めるのは、やはり、かわいそうである。

その試験を受けた子供は、成人したあとも、この問題を思い返したであろうか。思い返したら、うまい問題だったと感心するより、大人の意地悪さをおもしろくないと考えたものの方が多かっただろう。

一生のうちに、塩と砂糖を見分ける必要に出合うことは少ない。わからなくて困ったという経験をした人は、まずゼロである。したがって、こういう問題を出した人たちの遊びが、うすぎたないものに感じられる。

減塩運動

塩と砂糖を見分けるのは、ときとして難しいかもしれない。口に入れてみれば、誰だってすぐわかる。わからないのは人間ではない。味覚のない子供はないはずであるから塩と砂糖はナメて区別するのは、当たり前。それを試験する、というのは、おもしろいと思うこともできる。

味覚はおそらく視覚よりも早く発達する能力であり、モノは見えなくても、危険という情況は少ないが、口に入れたものが悪かったりしたら、コトである。子供の手の届かないところに置けという注意は必要である。

ひどく苦い、あるいは、ひどく刺戟的な味のものは危険であるから、すぐ吐き出す。そういう知能を備えて、こどもは生まれる。母乳はもっとも安全で、いい味がするように味覚は用意されている。母乳は、子供の味覚の基本である。人工栄養は母乳と違う分、違った味覚になり、これがその子の成長にかかわるということは充分に考えられる。

からいものが好きか、あまいものが好きかは、舌の上の問題ではなく、人間全体にかかわる場合もある。生活が違えば、味覚も異なる。

寒い気候のところで、激しい労働をする人たちは、概して、塩分の多いものを好む。毎朝、熱い味噌汁を食べる。

逆に、暑いところで、激しい労働をする人たちも、塩分が足りないと、力が出ない。製鉄所の溶鉱炉のそばで働く人たちは、ときどき、塩を口に入れる、と言われる。

同じ日本でも、京阪神地帯は、塩分を抑えた食べものが発達していて、それをおいしいと感ずる文化をつくっている。関東の人が辛いものを好むのを軽蔑する傾向があるのも、文化の問題だが、もとは味覚である。

塩分過多が健康に有害である、などということは、日本では気がつかなかった。アメリカが塩分の摂り過ぎが成人病などの原因になるということを言い出して、一日の摂取量を五グラム以下に抑えようとした。食品メーカーなども厳しく規制される。

驚いたのは日本である。一日五グラムなどでは、問題にならない。多塩の地帯では十三、四グラム摂っていたのである。信州、長野県はその中でも目立った多塩地であった。

県民運動として減塩キャンペーンを始めた。かなりの努力にもかかわらず、成果は上がらない。

「塩分の足りない味噌を食べるなら、死んだほうがいい」

などという声が多くなり、当時はアメリカなみに塩分を下げることに成功しなかった。

アメリカからすれば、危険極まりない多塩であるのに、その害はずいぶん、少なかったのである。

この減塩運動が、長野県の人たちの健康意識を高めたのが注目された。二十年もすると、長野県は、長寿で、日本一になってしまったのである。

母乳で覚える味覚の価値

ひとりひとりにとっても、味覚は変化するようである。

子供のときは、なんでも食べていたのが、だんだん、好みができて個性的になる。辛口とか甘口、というのは、酒のことだけでない。日常の食べものについても、多塩、少塩の差は大きいが、そういうことに関心を持つこともなく、〝おふくろの味〟が大切にされるのである。

激しい労働は、汗を出し、塩分を多く必要とするから、昔はどこも、いまより塩分の強い、辛いものが好まれたようだ。事務系の仕事をする人が、重労働の人たちと同じように辛いものを食べていれば、健康によくないのははっきりしている。

年齢も関係するのが味覚である。

年を取ると、たいていの人が、辛いものを好むようになる。これは好みが変わるのではなく、味を知覚する舌の組織が、欠落して、味を感じなくなって、強い刺激を求めるようになるのであって、味覚の退化と考えることができる。

やはり、生まれた直後、母乳を飲んだときの味覚が、一生の基盤になる。母乳の塩分は低いと思われるから、辛いもの、刺激性の強いものを多く食べるのはよろしくないことは、はっきりしている。

人工栄養が多くなっているが、ひとりひとりの味覚を決定づけるだけに、大きな問題をはらんでいる。母乳が出るのに、美容上の観点などから、人工栄養（粉ミルク）にする母親が増えたことは、人間の成長にかかわるきわめて大きな問題である、ということを、しっかり頭に入れる必要がある。

いまのところ、はっきりしたことはわからないが、母乳育ちと人工栄養とでは、知能の発育が違っているのではないかと思われる。それを疑ってみるのが知性である。ほかの動物の乳で子育てをする動物はないといわれる。母乳は白い血液である。ほかの種の動物の血によって、子育てするのは、自然を越えた文化である。

人間が牛の乳で、子育てを始めてから、まだ三百年とならないといわれる。自然界のルールを外れているかもしれない、牛乳による哺育である。十二分に慎重である必要があるように思われる。

母乳によって覚えた味覚の価値を改めて考えることが求められているように思われる。

母親に乳が出ないなら、ほかのひとから乳をもらうということも考えられる。乳母（めのと）ということばもあるくらいである。乳房は二つあるのだから、二人の子供に授乳することは、可能であるように考えられる。

牛乳は貴重であるが、母乳はもっと大切である。新しい乳児の育て方は、新しい味覚の育成から始まる。

味覚は、案外、大きな力を持っていて、たんに健康のためばかりでなく、広く、知的能力にもかかわっている。味読とか味解などということばがあるのは、味覚知能が、ほかの面にも広がっていることを暗示させる。うまい、とか、まずいとかも、広く、いろいろに用いられるのも、味覚の力を暗示するように思われる。

味覚を大切にするのは、自然知能を重視することである。人工知能があらわれた現在、その意義は増大している、といってよい。

14

一

手のはたらき

重いカバンは持ってはいけない

ほかの動物と同じように四本足で歩いた人間が、直立歩行、二本脚で歩くようになって人間は進化した。

それにともなって、もっとも大きく変わったのが、頭と手である。

直立歩行するようになり、頭が安定して、細かいことを考えることができるようになった。四本足で歩いていると、頭部がつねに大きく上下動して、じっくり頭を働かせることができない。二本脚で歩くようになると、頭は最上部になり、それまでいくつかの関節があって、歩行がともなう衝撃を緩和して、頭は安定、ものを考えるのに都合よくなった。新しい文化がその頭から生まれたのである。

歩くのに手を使わなくなっても、手は手持ちぶさたにはならなかった。これまでできなかった〝仕事〟をすることができるようになる。そのために指が伸びて神経も細かく働くようになって、これもまた、人間の文化をひろげ、高めることになった。

それまで、ものを持ち歩くなどということは考えることもできなかったのが、かなり重いものを持って歩けるようになった。調子に乗った人間が、重いものを持って歩いたりするようになったが、それがよくない、ということは、いまでもわからない人が少なくない。

重いカバンを持って出勤するサラリーマンはその中でも目立つ存在である。もともと歩くのに使われていた手である。圧力に耐える力は持っているが、引く力に対応するものが欠けている。荷物を持って歩くのがいけないことであると気づいた人たちが、荷物を背負うことを考えた。しかし、カバンくらい、というので、カバンを背負うということは考えなかった。

重いものを持って歩いていたために、健康を害した人がどれくらいあるかわからないが、それを注意することもなかった。

近年になって、その害に気づいたのであろうか。カバンをリュックサックにかえて背負うのが流行して、ネコもしゃくしも、リュックサックをしょって歩いている。

〝手当て〟の語源

手は力仕事もできるけれども、細かいこと、小さなものを作るのが得意であるらしい。そのために指がよく発達している。ことに日本人は小さいものを作ったり、使ったりすることが上手なようで、それを器用といって尊重する。

指といっても一様ではない。人さし指と中指はよく働くが、親指は不器用である。英語に〝すべての指が親指だ〟という言い方があって不器用なことを指しているのがおもしろい。

手の指は、よい刺激を与えるのであろう。

体のどこか痛むようなことがあると、まずそれをなでる、さする、それで痛みが和らぐこともある。

その力を利用して、病気などを緩和させたのが、〝手当て〟ということばの起こりである。とにかく、さわってみる。そして悪い緊張など取り除くのが、手当てである。

かつての医療において、手当てにあたることが大きな意味を持っていたのだが、検査万能、医学重視が科学的ということになって、〝手当て〟の出番がなくなったのである。

子供が怪我をして泣いているようなとき、どこが、どうなのか、わからなくても、ただ、さすり、なでてやるだけで、泣き止むことがある。指先によい刺激を発する力があるからであろう。ただ、軽くたたいてやるだけで、幼い子はやすらかな眠りにつくことができるようである。

焼きものをこしらえる人は、ロクロをまわして土を成型する。指先の働きである。型に入れて焼いた陶器と、ロクロでつくったものとが、まったく違った美しさを持つのは、指の力を示すもので、ロクロを使わず、手びねりでつくるものに美術的美しさが出る。手びねりの、少しゆがんだ茶碗は、型に流し込んで出来たきれいな陶器とは似ても似つかない、あたたか味、おもしろさがある。日本は、焼きものにおいて、独自の美をこしらえたと言ってよく、それだけに指の力も大きいと言うことができる。

日本人は「手で考える」

〝目は口ほどにものを言い〟ということばがある。目が送るメッセージが思いがけない力を持っていることを言ったものである。

その伝でいくと、手は口ほどに、ものを言うとすることもできる。

親しい人が久しぶりに会ったとき、ことばもそこそこ、手を取り合って、喜ぶということがある。手で通じ合うのが、ことば以上であるからであろう。

欧米の人が、あいさつとして握手をするのは、手の発する声にならないことばに、心がこもっていることを認めているからであろう。

東洋の人が、日本人もそうだが、握手、抱き合うのを好まないのは、手について違った感覚があることを暗示する。手の力がとくに強いわけではないように思われる。

「日本人は目で考える」と言ったのはブルーノ・タウトであるが、日本人は手で考える、ということもできそうである。

果物などを買い求める人は、見たところだけでは安心できないのか、手に取って、いじって品質を吟味する。モモのように、傷みやすいものは、むやみにさわられては困る。店では、さわれない工夫をする。さもなくば〝手を触れないでください〟と貼り出している店もある。しかし、客はさわらないでは落ち着かないのであろう。こっそり、さわる人がいる。

モモとは違い、傷む心配の少ないタマゴでもさわってみないと安心できない人が少なくないようで、いつしかバラ売りをしなくなってしまった。六個とか四個、ときには二個でも、プラスチックのケースに入れた。これでは手ざわりを確かめることができない。

衣服については、食べもの以上に、手ざわりがものを言う。買う時にも、よく手ざわりを確かめる。見ただけでは安心できないらしく、手にも考えてもらうというわけである。

アメリカの幼稚園の話だが、子供は、先生のスカート、ズボンで先生を評価している、という調査がある。粗末なズボンをはいている先生より、上等のビロードのスカートをはいている先生に好意を持つというのである。先生につかまったときの手ざわりが、先生の品定めをしているのであって、やはり、〝手で考えて〟いるのであろう。

手の力が生む新しい文化

いまのところ、いちばん高級な筆記具は万年筆であろう。有名な万年筆は、いまどきびっくりするほどの値段である。買うほうは、ブランドとか値段などに気を取られるからか、書きやすさをおろそかにしがちである。ためしに字を書いてみるが、おざなりである。使いはじめて、どことなく使い勝手のよくないブランド品にだまされた思いをする。手に考えさせてから求めるべきであったと後悔する。

それにひきかえ、ボールペンを買うときは、手でさわり、書き具合を気にする。たいてい、紙片がぶらさがっていて、ためし書きができるようになって、先客のためし書きで、青く、黒く、赤く汚れていることが多い。安ものだから、まちがっても大したことはないが、それでもためし書きをしないと気がすまないのは、手が使ってみよ、と求めているからであろう。ためし書きの汚れた紙片を見ると、なんとなく心あたたまる気がするのである。

このごろ、子供もボールペンが主で、鉛筆を使うことが少なくなったが、手ざわり、使い勝手ということからすれば、いまのところ鉛筆にまさる筆記具はないような気がする。鉛筆はすばらしい。

万年筆は、ブルーかブルーブラックくらいしかないが、鉛筆は多彩である。かつて鉛筆はＨＢが普通であった。Ｈはhard（硬い）、Ｂはblack（濃い黒）の略である。

世の中の好みを反映しているのか、だんだん、軟らかいのが好まれるようになって、Ｂや２Ｂを使う子供が多くなったという。世の中の変化に驚いていると、10Ｂという鉛筆のあることを知って、びっくり。使ってみると、すこぶる快適である。現代の感覚に合っているのであろう。硬から軟へ少しずつ移っているのであろうか。

いずれにしても、「目で考える」と言われた日本人が、「手で考える」人間であることを示しつつあるように思われて愉快である。

それにつけても、手で考える、とはどういうことかをしっかり考える必要があるように思われる。

触覚の力は、文化創造と深くかかわりあっていることは、これまでの歴史でも明らかなところである。

手の力は、新しい文化を生む、というのは人工知能が注目される中にあって、きわめて重要な考え方であるように思われる。

15

口のきき方

「人前ではだまっていなさい」

日本の英語の先生たちが、明治以来、百年、わからなかったことわざがある。
Children should be seen and not heard.
というのである。中学生でも知っている単語ばかりが並んでいる。
「子供は見られるべきで、聞かれてはいけない」
と訳すことはできる。さて、なんのことか、となると大学の教師も、わからない。
苦しまぎれに、
「こどもは監督しないといけない。言うなりになってはいけない」
などという解釈をした本が出たりする。
わけのわからなかった人たちは、少しおかしいと思いながら、そうかなと納得する。
疑問に思う人はほとんどなかったのだからおもしろい。
これは、もともと、イギリスのことわざである。

「人前では、だまっていなさい。口をきいてはいけません」

ということなのだ。

お客が来ると、子供も、親のそばにいて、勝手なことを口走る。大人にはたいへん、うるさい。そんなことがあってはいけない。だまってじっとしていなさい、というしつけなのである。

そういうとき、日本の家庭だと、子供のしゃべるままにしておく。お客は話をやめて、「かわいいわネ」などというから、子供はうるさくしゃべる、というようになるところである。

生まれてくる子は、みな、ことばを発することができるようになるが、話ができるわけではない。ただ、ことばをしゃべる、音を発するだけである。ウチウチなら、我慢するほかはないが、よそから来た人にとってはうるさい。

そういう子供のムダ口をたしなめないといけない。それに気づいたのが、先のイギリスのことわざである。口のきき方が必要なのだが、この子には、まだ、そのしつけができていない。お客にいやな思いをさせないためには、子供は黙っていることだ。

日本は子供を大切にして、よけいなことを言うのを戒めることをしない。お客も、うるさい、などと言ってはいけないから、〝かわいいわネ〟といったお世辞を言うから、口のきき方をしつけるチャンスは、なくなってしまうのである。

聞き分ける効用

子供は、母のことばを聞いて、ことばを覚える。母語とでもいうべきもので、一般の用には立たない。第三者のいることが必要で、よその人でなくても、家族がたくさんいると、子供は自然に口のきき方を身につける。こんなことを言ったりすれば、叱られるかもしれない。

大家族ほど、ことばの習得には適しているが、近年のように、核家族が多くなると、ことばの相手は母親とちょっぴり父親、ということになりやすい。口のきき方がいつまでたってもわからない子が多くなる。

しっかりした口のきき方ができるようになるには、まず、相手が何を言っているか、よく聞き分けなくてはならない。頭を緊張させないと相手の言っていることがわからない。よく聞くことのできる子供は、考える力を伸ばすことができる。頭のよい子は、人の言うことをよく聞き分ける。よけいなことを口走ったりしてはいけないのである。

学校へ入っても、まだ、まず聞け、というしつけを受けていない子が多い。というより、ほとんどそうである。

放っておくと、勝手なことを口走るおそれがある。〝静かにしなさい〟〝よけいな口をきいてはいけない〟と先生が声をからす。小学校では、いくらか、ムダ口をきいてはいけないということを覚えるが、大学などへ行くと、しつけのないかなしさ、平気で、おしゃべりするようになる。

口のきき方は、聞き分けができるようになって覚えるものだが、なかなか、チャンスがない。しかたがないから、家庭で教えることになる。はじめに引き合いに出した、〝見られるべし、聞かれるべからず〟も、そのひとつだ、ということになる。

敬語排斥

子供は、はじめのことばを、母親から教わるというのが、もっとも好ましい。大昔から、どこの国でも、そうなっていた。

母親が先生になれないときに問題が起こる。母のことばを知らない子は、不幸であるといってもよい。ことばに苦労する。頭の働きにも影響する。

母親は最上のことばの先生だが、いつまでも、お母さんのことばだけでいてはいけない。

うちで使うことばは、お母さんことばだけでいいが、よその人と話をするときにはそうはいかない、少し違ったことばが必要になる。

それは、お母さんが、よその人と話しているときに、違ったことばを使っていることでわかる。

ていねいなことばを使っている。

おだやかな話し方をする。

できれば、ほほえみを浮かべながらしゃべる。

それを聞いて、子供は、びっくりして、ていねいなことばを使うことがいいことであるらしいと、感じるようになる。口のきき方がわかるようになるのである。

すべての親が、そういうことば使いができるわけがないから、ことばづかいのルールをこしらえるのである。

この、ことばづかいのルール、どこの国にもあるはずだが、日本はことのほか、ていねいなルールができていた。文法で敬語法といわれるものである。よその人、とくに目上の人には、一段と、ていねいなことばを使うよう細かいルールがある。これが、しっかり身につくには、経験が必要で、若い人は敬語がうまく使えないことが多い。

日本は世界に誇ることのできる敬語法を持っていた、といまは、過去形で言わなくてはならなくなったが、英語などに比べると格段にていねいなことばづかいをしてきた。

戦争に負けて頭がおかしくなったらしい人たちを中心に、敬語排斥運動が起こった。社会学者や国語の先生もそれに賛同して、〝敬語おろし〟が起こった。

二十年もしないうちに、昔の敬語は消えそうになった。わけもわからぬ大学生が、「尊敬しない人に敬語を使うのはいやです」というのがカッコいいと思われるようになり、ことばは、ギスギス、騒々しく、いつもケンカしているようになってしまった。

人間関係に鈍感な人たちなら、敬語はあってもなくてもかまわないが、お互いに気持ちよく生きていくためには、互いにことばを和らげることは不可欠のたしなみである。

インプリンティングの効用

人間の啓蒙思想に毒されることのないほかの高等動物は、独自の教育を確立している。インプリンティング（刷り込み）と言われるものである。

たとえば、大ワシは、ヒナが孵（かえ）ると、片親がそばを離れず、子育てに専念する。ヒナは、そばにいる、自分より大きなものを先生と思うように遺伝子によって、教えられている。なにごとも、その真似をする。本当の親でなく、人間がその代わりをすると、ヒナはその人間を先生と思って、その真似をしようとする。

完全密着の教育であるインプリンティングの効果は大きく、短期間に、親と同じようなことができるようになる。

そうすると、インプリンティングは修了する。子は親ばなれ、親は子ばなれ。ヒナが巣立つことになる。みごとな教育であり、驚くべき早教育である。人間は遠く及ばない。恥入らなくてはならない。

といって、人間の親も子の教育をまったく考えなかったわけではない。小さいことは略して、ことばを教えた。教えるという意識のともなわないことが多かったが、とにかく、子供にことばを聞かせて、子供のことばを引き出すのはたいへん大きな教育で、これはほかの動物のインプリンティングにも欠けている、人間独自の教育である。

自然は細心、先々のことを見越して、子供のことばの先生になる可能性の高い女性に、ことばの教師となるのに必要なことをあれこれ用意してくれた。

よく聞こえるように、女性の声は男性より高い、無口では困るから、おしゃべりになっている。声の抑揚が大きいのも、ことばの先生にとって必要なことである。そして、笑顔が多い。

子供は、そういう先生から、いつしか、母のことば、母国語を身につける。充分ではないが、一応のインプリンティングであるとすることはできるであろう。

これも西欧の真似である。しっかりした指針などあるわけがないから、どういうことばを子供に教えるか、はっきりした考えを持った日本の母ははなはだ少なかったと思われる。

これが、近代日本人の人間性、知性、感性に及ぼした影響は計り知れないほど大きいけれども、何事も、洋風にという中で、しっかり反省されることが難しかったのは、是非もないと言ってよいであろう。

「論語読みの論語知らず」

昔の日本の子育ては欧風とはよほど異なっていた。話しことばをないがしろにするところはあったものの、ごく幼い子に、中国の古典中の古典、「四書五経」を読ませるということをしたのである。もちろん子供にわかるはずはないが、声に出して読ませた。素読である。意味は問わないのが素読である。「論語読みの論語知らず」というのとは違った意味で、きわめて多くの、論語読みの論語知らずを育てた。

あとになってみると、この不自然な教育が思わぬ効果をあげているところがあることがわかる。

はじめにごくやさしいことばから教えようというのが近代教育である。これだといつまでたっても難解なことばがわかるようにならない。不自然に高度なことばを教えた意味は改めて問い直されなければならない。

はじめてのことばとして、どういうことばを教えるかも重要であるが、いつから教育を始めるかは、もっと大切である。

母親が自然にわが子に話しかけることばが最高であるという考えもあるが、その吟味は不充分である。いい加減なことばをだらだら聞かせても、ことばの教育にはならない。古典を読ませるという考えは、テキストの質を考えたものとして、大きな意味を持つが、始めるのが遅くなる。母親は、子供が字を読むことができるまで待たなくてはならないのか。それが問題になるべきである。

早ければ早いほどよい

ことばの早教育は、生まれたときから始まる。さらに、言うならば、子供が、母の胎内にいるときから始まっている、と考えることもできる。子供の耳は、前にも述べたが、もっとも早く動き出す能力である。

昔の胎教は、案外、新しい考えを持っていた、ということもできる。早ければ早いほどよいのが、ことばの教育であって、それを実現するのを妨げていることがあれば、何とかして取り除くための工夫、努力が大切である。

とにかく、早いほうがよい。拙速でいい。

子供は、ことばについても、溢れるほどの自然知能を持って生まれてくる。なるべく早く、それを引き出す必要がある。というのは、生得的能力、自然知能は時間とともに劣化する。賞味期間があるからである。時を逸すれば、せっかくのものが、ダメになってしまう。

ここで、もう一度十で神童、十五で才子…ということばを思い出してもよい。十歳まで神童と言われるほどの能力を持っているのは、早教育が成功したからである。

近ごろ、年少にして異例の実力を持つ棋士、同じくらいの若いスポーツ選手が、大人を打ち負かす実力を発揮して、話題になっているが、そうした人たちは、三、四歳から、早教育を受けている。

学校へ行くようになって始めたのでは遅すぎる。しかし、それ以前に早教育を始めるのは、至難である。社会全体で考えないといけない。

保育所へ子供を入れたいが、入れてくれるところがない。政治の怠慢だという声が高まっているが、保育所は福祉施設であって、教育をすることはできない。子供の才能が泣いている。

本当の早教育を考える必要がある。子供の将来、社会の未来を考えたら、本当の早教育がいかに大切であるか、誰にもわかるはずである。

少子化で兄弟のいないひとりっ子が増えていて、子供の発育に暗い影を投げかけている近ごろである。これまでと違った教育を考えないと、活力のある社会を迎えることができなくなりそうである。

少しでも早く、多く、うまく自然知能を伸ばすことは、個人にとっても、社会にとっても、死活の問題である。

16 ー 聞きわけ

新生児の聴力

昔の人は、

一眼、二足

と言ったものである。人間、生きていくのに欠かせない能力は、いろいろだが、本当に、大事なのは、視覚、ものを見ることができる目であり、ついで、歩くことに欠かすことのできない足だ、というのである。

生活経験から割り出したことであろう。

だからと言って、目と足が、いちばん早く発達するわけではない。

生まれてくる子供で、すぐ歩けるようなことは、絶対にない。目も、まだよく見えない状態で生まれてくる。生まれたときの視覚は、ものをはっきり見分けることができない。そういうことを昔の人、いや最近まで、知らなかった。

生まれたばかりの子の耳になにが聞こえるか、など気にする大人はいなかったから、どうせ目と同じようなものだと思っていたにちがいない。

戦後になって、ある大学附属病院が、子供は、ほぼ完全に近い聴覚を持って生まれてくる、ということを発表したとき、人々の驚きは大きかった。

生まれてきたときの耳がよいばかりではない。母親の胎内にいるうちに、すでに働いていて、母親の見ているテレビ番組に反応している、というので、ひどく驚いたものである。どうして、そんなに早く耳がよく聞こえるようになったのか、神秘的で普通の人間には想像することができないが、自然の摂理であろう。わけがあるに違いない。ただ、いまの人間にはわからないだけのことなのである。

そんなことはまるで知らないところへ生まれてくる子供は、かわいそうである。せっかく、よく働く耳を持って生まれてくるのに、かまってもらえない。

いろいろな音が聞こえるだろう。風の音もある。ものが壊れるいやな音もする。音が多い。いやな音が少なくない。耳は出番がなくて、なまけるようになるかもしれない。

ただ、母親の声は格別である。おなかの中で聞いた母の音、この世へ出てくると、まるで違っているが、もっとも大切な音である。いちばんなつかしい、やさしい、楽しい声である。
新生児の耳は、母のことばで育つ。

耳が泣いている

ところが、親のほうに、子供の耳の先生であるという自覚など、もともと少しもないのである。

いい加減な音を聞かせて平気である。子供の耳を育てるためによいことば、よい音は何か考えた人は、古来なかったであろう。音感教育は放棄されたままで、子供は大きくなっていかざるを得ない。

子供にとって大変な不幸であるが、人類の始まったときから、そんなことを考えるものはいなかったのだから、しかたがない。

そんななかで、子守歌、というものが歌われたのは、自然の摂理だったのであろう。

子守歌のメロディは、泉のように、子供の耳に流れ込んで、リズムを教える。一生、消えることのない旋律である。

遠い外国の子守り歌でも、心を揺さぶる力を持っているが、子守歌を大切にしない大人たちは、子守歌をバカにして、童謡をこしらえたのである。自然に生まれた子守歌に比べて芸術としてつくられた童謡が見劣りするのは是非もない。

子供の耳は泣いている。泣きながら成長しなくてはならなかった。大昔から、いままで、この点ではあまり変わるところがないように思われる。

街の中を走る電車は、高架線のガードでけたたましい音を立てる。電車が通るたび、騒音というより狂音といったほうがいい音を立てる。通行人は耳をふさいで難を避けようとするが、そうはできない近所の子供は、どうすればいいのか。毎日、何十回もこういう暴力的音響にさらされていて、壊れない耳をつくるのであろうか。

こういう加害者を少なくする努力も一部で見られるようであるが、大人の都合である。

子供の耳を守ることが文化の基本であるという思想があらわれるまで、聴覚受難は続くほかあるまい。

耳を育てる

子供の耳は、主として、母の声で育まれる。母親の都合で父親が代わる、というわけにはいかない。男性の声は女性の声に比べてはっきり劣っている。子供のことばの先生としては、父親は例外的なケースを除き、母親よりはっきり劣っている。これは性の差別などではない。それを無視するのは自然に対しての思い上がりである。

男の声は貧弱である。音程が小さく、高い声が出ない。アクセントの変化も乏しい。しゃべりのリズムも劣る。もし、母親に代わって、子供のことばの主任先生になりたかったら、それこそ死にものぐるいで、音声訓練を受ける必要がある。反面、子供の耳を育てる役割を放棄する母親たちが、男女平等、などを持ち出すのは滑稽であるとする知性が求められるであろう。

ヨーロッパでは、国際結婚で生まれた子のことばの教育について、ひとつのルールがつくられている。両親の母国語が違う場合、子供は母親のことばで育てるのがよい、というのである。

母国語（マザー・タング、Mother tongue）は耳のことばで、目のことば、文字中心ではない。

日本人は、ことばに敏感なようにうぬぼれている人が多いが、鎖国文化が長かったせいである。

外国人と結婚した日本女性はほとんどすべて、父親のことばで子育てをするようである。それが子供にとって、よいか、そうでないか、など考えることはない。

ことばは文字のほうが、音声よりも高級であるかのように考えるのも文化の弱点だとしてよい。

聴覚の強化

学校教育も沈黙の教育である。ことばの教育といっても、小説、物語を読むことしかやらない。議論でも声の出る幕はないのである。

教師は、訓練を受けない役者のように、勝手なことばで教えている。北海道の高校を出て、東京の大学に入学した秀才が、最初の夏休みまで、教師の話すことばが聞き分けられないで苦しむというケースはいまも、なくなってはいない。

昔の人が、読み書き、そろばんを教育なりとしたためである。

もっと、耳を大事にしないといけない。聞き分ける力が、人間知能の根源であることを常識にしないと、日本の文化の発展は望み薄になる。

いま、自然知能が求められている。耳の育成を放置しておくのは賢明でない。

少し、手遅れではあるけれども、耳の能力、自然知能の向上、強化を考えるのは国民的議題のひとつであると言ってよい。

あいにく、少子化社会になって、家庭の言語環境は劣化の傾向にある。想像力に有効な聴覚能力を向上させるのは、国の安全にかかわるほどの意味を持っているという認識は必須である。

聞き分ける自然能力をいつまでも泣かせておくことは不得策である。

エチー

しゃべる

学生の私語

このごろは、あまり話題にならなくなったところを見ると、少なくなったのかもしれない。

かつて、といっても、そう古いことではない。どこの大学でも、講義中の学生がしゃべって困っていた。ある大学では掲示板に大きな注意を出した。

授業中の私語を禁じます。

学長名の注意で、さすがに、多少の反響があったらしい。

おしゃべり学生は、大体、後部座席、階段教室だと後ろの上の方にいる。おしゃべりは二人ずつでするから、ときには三つ巴というのもあるが、大きな声にはならないはずである。ところが、実際は教師の声が聞こえないくらいにうるさい。

気の小さい教師は、自分の授業がそんなにおもしろくないのかと悩んだ。おもしろくたって、おしゃべりはするのである。いくらおもしろい授業でも、おしゃべりにはかなわない。いい相手とおもしろい話をしていると、授業の終わったのにも気づかず、しゃべり続けるのもいたりするのである。

当然、教師たちは、〝静かにしなさい〟と言うのだが、さっぱり効果がない。ぐっと我慢して授業をするのだから、弱い人は体調不良になったに違いない。末世だと、呪った教師もいる。

学校を辞めて、振り返ってみると、気持ちが変わるのである。ナニもあんなに目くじらを立てることはなかったのではないか。うるさいといってもクルマの多い道路ほどのことはない。騒音の激しい道路を歩いても、トラックよ、静かにせよ、などとは思わない。

学生のおしゃべりも、ポンコツ車の立てる騒音だと思えばいいじゃないか。辞めると無責任にそんなことを考えたりするが、これだって偏見なのである。

学生が私語をするのは、おもしろい話があるからである。少なくとも講義よりおもしろい。夢中になってしゃべっていると頭もよく働いて、普段と違った、いい頭になり、おもしろいことを生み出して我を忘れる。もちろん教師の話など眼中にない。こういうことを繰り返していれば、自分はますます知的になっていくのだと感じる学生が増えても仕方がない。

ひとりではできない

おしゃべりは自由でなくてはいけない。頼まれてしゃべることはおしゃべりにはならない。いくらか控え目にしなくてはならないところで、ヒソヒソ話すのが、おもしろい。

もちろん、大声を張り上げて勝手なことをわめくのも、愉快だが、すぐ疲れる。相手が乗ってくればいいが、ひとり芝居になるのではつまらない。

少し生活に疲れたようなのが、なにかおもしろいことはないか、という。世の中を甘くみてはいけない。生活のために働いている人間にとって、おもしろいことなどあるわけがない。

ひとりでは、おしゃべりはできない。

相手がいる。誰でもいいというわけにはいかない。デュエットを組む相手である。

なかなか、見つかるわけもない。

ノンキな人は、家族とおしゃべりすることを考えるが、とんでもない考え違い。家族で話すことは、大体において、うるさい、おもしろくないことである。沈黙は金なりというのは家庭で生まれることばであるかもしれない。

どこの馬の骨かわからないような相手がほしいと言っても、得られるわけがない。学校の友だちは、おしゃべりの相手としては、まさにうってつけ。打ち合わせしなくても毎週、顔を合わせることができる。教室のおしゃべりは最高のおしゃべりだが、ときどき、不粋な教師が静かにしなさい、などというのがキズだ、となるのである。

世の中に出ると、おしゃべりは、いよいよ難しくなる。職場で机を並べている同僚を相手にしようというのは遠慮に欠けているのである。どこかで偶然に知り合ったような人がいい。違った仕事をしていればもっといい。利害関係は少ないほどよい。そういう相手だと、われわれは〝自由〟になることができ、自由な頭から、おもしろいことが生まれやすい。

こういう友を得ることは、ことに世間がせまかった昔は、ほとんど不可能であった。〝友アリ遠方ヨリ来リ〟と「論語」は言うけれども、遠方に友を持つことは不可能に近い。

仕方がないから本を相手にすることになるが、本のいけないところは、言いっ放しで、二の句が継げないこと。古典を相手におしゃべりできたら、大人物である。たいていの本はおしゃべりの片棒をかついでくれない。だから本はおもしろくないのである。

「良質」おしゃべりと「有害」おしゃべり

おしゃべり、と言っても、何でも、しゃべればいいというわけのものではない。へたをすると、害がある。平和を乱し、争いのタネになるおしゃべりがいくらでもある。それどころか、世の中の、いわゆるおしゃべりは多くがこの有害おしゃべりである。別に悪意がなくても、うっかりしていると、有害おしゃべりになってしまう。それを注意する人もないから、ゴシップを売りものにした雑誌などが出る。

人間は、やはり賢いから、有害おしゃべりを売りにするものは永続きしない。すると、また新手があらわれるという具合である。

大学の授業中にしていたおしゃべりにしても、良質おしゃべりより、下らぬおしゃべりであることが多いことは、当人たちが身に染みて感じていることであろう。

もし、良質おしゃべりを多くしていれば、中年になったら、自分のおしゃべりに責任をもつ賢人になっているはずである。

人間、四十になったら、自分の顔に責任を持てという、外国のことばがある。少し無理なような気がするが、四十歳になれば、めいめいの個性、スタイルに責任を持てというのは、悪くないだろう。

同じ伝でいくなら、人間、四十になったら自分のおしゃべりに責任を持て、と言うことができる。よいおしゃべりを心がけ、考える人は、四十になるまでに、ユニークな個性をつくっているはずである。個性を持った人間になるには知的なおしゃべりの経験がなくてはならない。書斎で本ばかり読んでいるようでは、頭の働きもタカが知れている。

知的会話の心得

下らないゴシップ的おしゃべりのとりこになれば、人生は退屈の連続になる。心あるものは、おしゃべりはするが、悪質おしゃべりは避けなくてはならない。具体な心得をあげるならば、

○身近な人を固有名詞つきで話題にしない。

○なるべく、現在形、未来形の動詞を使う。

○人から聞いた話の受け売りはしない。

そんなこと言われては、言うことがなくなる、という人は、しゃべるのはやめて、聞き役にまわればいい。

つまり、浮世ばなれしたおしゃべりが価値を持っているということである。

そういう知的会話ができればすばらしい人生がひらけると考えてよい。

偶然の発見のことをセレンディピティというが、知的会話は、セレンディピティの

ホーム・グラウンドである。心がければ、誰でも、セレンディピティを起こすことができるのである。

談笑の間に、びっくりするような新しい知見が飛び出してくる可能性は、いつでも、どこでも、ごくごく小さな確率ながら、しっかり存在する。

セレンディピティを起こすおしゃべりは世の中を大きく、明るく、美しくすることができる。

たかがおしゃべり。しかし、ここから思いもかけないものが生まれる。だから人間はすばらしい。

18

ー

歩く

楽しくなる歩き方

街を歩いている人を見ると、みんな、めいめい勝手な歩き方をしている。たいてい美しくない。ひところはケタタマシイ音を立てて歩いたが、このごろは、静かに歩くのが流行しだしたようである。

どういうものか、女性の歩き方のほうが派手で、かつてはニギヤカであった。地下鉄の長いエスカレーターをケタタマシイ大音響を立てて走り下りる人たちがいたが、ありがたいことに、おとなしくなった。

その代わりではあるまいが、大手を振る。下半身を左右に動かす。むやみと足早の人も少なくない。

男は、大体において、生気のない歩き方をしている。服装もそうだが、みんな同じような歩き方をしていて個性的でない。なんとなく疲れているみたいである。

しっかり歩き方をしつけられたようなところは、男女を問わず、あまり見られない。

Hさんは、有名幼稚園で四十年間、すばらしい幼児教育をした。退職後は研究会をこしらえ、毎年発表会を開いた。Hさんがいちばん力を入れたのは歩き方であった。背すじを伸ばし、適当に手を振り、脚を伸ばして、すいすいと歩く。見ていても胸のすくような歩き方である。

何人かが列をつくってステージの上を歩くのを見ていると、夢の国へ来ているような気がするのである。美しい。見ていると楽しくなる。

人間は二脚の椅子のようなもの

人間は大昔のまたその昔、海中で生きていたという。水の中で泳いでいたのだから、歩かないのはもちろんである。美しく、音もなく泳いだ。人間になっても、水分をとらないといけないのは、祖先に忠実だからであろう。脱水状態が死活の問題になるのは偶然ではない。

オカへ上がった魚類人類は、泳ぎたくても水がない。歩くことを学ばなくてはならなくなった。

たいへんな苦労があって、はじめて歩けるようになった。もちろん、いまは、そのことを忘れているが、知能によって歩けるようになったことは忘れてはいけない。人間は直立歩行の唯一の動物である。サルがサルまねで、歩いてみせるが、やはり四本足のほうが勝手がいいらしく、二足動物ではない。

一般にモノは一つの支えでは確立できない。二本で支えても、立っていられない。三つの支えがあって、ようやく自立できる。三脚椅子がそれである。しかし、三脚ではなお安定しない。四本目の支えが必要である。世の中の椅子はほとんどが四脚である。一本の脚は遊んでいることになるが、実用から見ると、四脚の方が安全である。三脚よりよいというので、標準的になった。

こう考えてみると、人間は二脚の椅子、二脚の机のようなものであることがわかる。立っていられるわけがない。

立つには、特別なバランスを取る工夫をしなくてはならない。夜、眠るときには、このバランス力を働かせているわけにはいかないから、横になって寝るのである。

横になって寝るのが大切だから、すべての人が夜は寝て過ごす。立ちん棒で毎晩、眠ることはできない。一日に何時間かは、横臥しなければならないのは、人間が二本脚の椅子のようなものだからだ。

体調を崩す。医師は、まず静かに寝ることを命ずる。もっとも大切なクスリ、なのである。二本脚の人間は、夜は、横になって、体を休める。

四本足の動物は、横にならなくても、眠ることができる。馬が立っていられなくなったら、よほど体調がおかしいのである。

そう考えると、人間が二本脚で歩けるというのが大したことであるのが、少しわかる。

手にも歩かせる

子供を育てる大人は、歩くことなんか問題にしない。放っておいても、歩くようになる、などと乱暴なことを考えるのが少なくない。

歩くには、まず直立できなくてはならないが、生まれながら、直立できる子供はいない。

ものにつかまったり、手を取ってもらって直立する。はじめは、立っていられないですぐ転ぶ。体の重心がうまく定まっていないからである。子供の自然知能はたいへんすぐれている。二、三度、転ぶと、自分の体の重心を察知する。

その際、重心は、少しだけ、前方にする。本当の真ん中に重心を持っていくと、仰向けに倒れる危険がある。これは避けないといけないが、自然知能は、教わらなくても、そんなことは承知しているらしい。仰向けにひっくりかえる赤ん坊は例外にしかない。ありがたい自然の摂理のひとつである。

立てるようになったら、歩くのは難しくない。重心を少し前へ移せば、脚が自然に出るようになっている。

大人は、手のことを忘れている。四足（しそく）動物は、人間の手に当たるものを持って歩いていることを知らない。人間の手は、歩くときには、なんの役にも立たないとして、手ブラにしておくのはよろしくない。手にも歩かせるのが賢明である。

左脚を前に出したら右手を前に出してバランスを取る。右脚を出すときには左手を前に出す。これが自然である。

そんなことは、幼い子はすぐ覚えてしまうのだが、まったく教えないと、手の歩き方を一生、知らないで過ごす、ということになりかねない。

近代の人間は歩くことが少ない。歩かないのが、上等な生き方で、えらい人は、どんな近くでもクルマに乗る。歩きたくないと、潜在的に思っている人が、運動不足、メタボリック症候群になる。医師があわてて散歩をすすめた。瞬く間に散歩愛好者が増えて、万歩計をつけて、毎日、数字の上がるのを喜んだのは愛嬌である。

歩行は自然知能の泉

歩くことは、体によいだけではない。頭をよくしてくれる。

人間が動物以上にモノを考える力を大きくしたのは、四足歩行ではなく二足歩行をしてきたことと関係する。

前にも書いたが、四足動物では、脳が絶えず大きく動いて、じっくりモノを考える状態にならない。頭部が動きすぎるのである。

二足歩行だと、歩行にともなうショックが、いくつもの関節によって吸収され、頭にはあまり届かない。頭は平静でありうる。外からの干渉によって妨げられることも少なく、考えることができる。

モノゴトを深く考えるには、沈思黙考ではなく、歩きながら頭を働かせたほうがよい、ということにもっとも早く気づいたのは古代ギリシア人であったらしい。歩きながら哲学を論じた。のちになって、その故智（こち）にならって、散歩によって思考を伸ばす哲学者があらわれた。

しかし、一般の人は、歩くことを認めなかった。運動不足を知的生活のあかしのように考える知識人は、ついこの間まで多数であった。

そこで、医学が、散歩の効用を説いた。頭をよくしたいという人は少ないが、病気になりたくないという人はおびただしいらしい。散歩ブームを起こした。

歩くのは、健康のためばかりではなく、思考力を高めるのに、もっとも有効であるということをよく解しないのが現代である。

歩くのは、自然知能による思考力の強化にとって、かけがえのないものであるということを認めてもよいのである。

歩行は自然知能の泉であると言ってよいだろう。

刊行にあたって

外山みどり

今年のはじめ頃から、ＡＩ（人工知能）に対する関心が急速に高まってきている。毎日のようにマスメディアで取り上げられるだけでなく、日常の会話でも頻繁に話題にのぼるようになった。さまざまな質問への答えを自然な言語で返してくれる、「チャットＧＰＴ」という名前の対話型生成ＡＩが登場し、それまで遠い世界での話と感じられていた人工知能が、一般の人々にとって、にわかに身近な存在になった。それと同時に、誤った回答の可能性や著作権の問題など、懸念すべき事柄も表面化し、教育現場では、ＡＩをどのように活用し、どの部分では利用を制限・禁止すべきかに関して、議論が交わされているようである。また、既に故人となった作家、漫画家、作曲家などの作風を学習したＡＩが、本人の没後に続編を完成させたり、新作を作り出したりする可能性が現実のものになりつつある。このような試みが広がれば、作者亡き後も、永遠に作品が生まれ続けることになるかもしれない。

本書の著者、外山滋比古が他界したのは、二〇二〇年（令和二年）の七月であった。既に死後三年が過ぎようとしている。本書に収められている文章は、もちろんＡＩが死後に作成したものではなく、外山滋比古本人が、死の三年前、二〇一七年の春頃に執筆したものである。その原稿は、未刊のまま、扶桑社内に保管されていた。

その時期のことであるから、もちろん最近の人工知能のめざましい進化や、社会に与えた衝撃の大きさなどは知らないままに、本書は書かれている。人工知能については、囲碁や将棋の棋士がＡＩに負かされた話くらいしか出てこない。ただし本書が、人工的な技術の産物であるＡＩの進歩に対する漠然とした危機感から出発して、人間が本来もっている広い意味での知能、自然知能と呼べるようなものの重要性を論じ、人間が潜在的にもつ能力の可能性を伸ばし、開花させるにはどうすればよいかを考えつつ書かれたものであることは確かである。九十歳を超える年齢の著者にありがちな、老いの繰り言のような部分もあり、また扱われているトピックは、通常の「知能」の範囲を超えて、感覚、感情、身体的・精神的な復元力、そして失敗や不幸な経験の意義など、多様な事柄に拡散している。本人も書いているように、一種のエッセイ集であるといえる。これをまとめて、『自然知能』というタイトルのもとに出版してよいものか、心理学を多少学んだ娘の私は躊躇(ちゅうちょ)し、原稿を未刊のままに残す可能性も考えていた。

それに対して、扶桑社の出版局長である山口洋子さんは、人工知能が社会の注目を集めている今だからこそ、このような本を出版する価値があると熱心に説き、私に翻意させる結果となった。本書が日の目を見ることになったのは、ひとえに山口さんの熱意のおかげである。

確かに、人工知能が急速な進化をとげ、今後のさらなる発展に対して、期待感と危惧が入り交ざっているこの時期に、改めて、人間が本来もつ自然な特質とは何か、生物としての人間の強みと弱点はどのようなものか、人間らしさとはいったい何であるのかを問い直すことは意味のあることであろう。かつてコンピュータの出現が、人間の認知機能に関する研究を画期的に進歩させたように、質の高い人工知能の誕生は、より広く、より深い人間性の探究につながるかもしれない。読者の方々が、人間の本質について考えをめぐらせるとき、本書が多少とでもお役に立てば幸いである。

イラスト　朝野ペコ
ブックデザイン　ヤマシタツトム

外山滋比古（とやま・しげひこ）

1923年、愛知県生まれ。お茶の水女子大学名誉教授。東京文理科大学英文科卒業。雑誌『英語青年』編集、東京教育大学助教授、お茶の水女子大学教授、昭和女子大学教授を歴任。文学博士。英文学のみならず、思考、日本語論などさまざまな分野で創造的な仕事を続けた。

著書には、およそ40年にわたりベストセラーとして読み継がれている『思考の整理学』（筑摩書房）をはじめ、『知的創造のヒント』（同社）、『日本語の論理』（中央公論新社）など多数。『乱読のセレンディピティ』『老いの整理学』（いずれも小社）は、多くの知の探究者に支持されている。

自然知能

発行日　2024年7月10日　初版第1刷発行

著　　者　外山滋比古

発 行 者　秋尾弘史
発 行 所　株式会社 扶桑社
〒105-8070　東京都港区海岸1-2-20　汐留ビルディング
電話　(03) 5843-8842(編集)
(03) 5843-8143(メールセンター)
www.fusosha.co.jp

DTP制作　株式会社 Office SASAI
印刷・製本　中央精版印刷 株式会社

ISBN 978-4-594-09811-7